Füttere mich...

Geschichten und Gedichte zum Sattwerden

Umschlaggestaltung und Layout: Barko Bartkowski
Herstellung und Verlag: Books on Demand GmbH, Norderstedt
ISBN: 3-839-11431-5

2

Paariges

Barko Bartkowski
Eigene Wege

Fünfundzwanzig Jahre! Und nun das.

Wie konnte er ihr das antun?

Margarete knallte das Eisen auf den Bügeltisch. Dampf wallte auf. Wenn Sie erregt war, musste sie immer bügeln. Das beruhigte sie – sonst.

Aber es waren SEINE Hemden, die sie hier bügelte! Seit fünfundzwanzig Jahren. Kümmerte sich um alles. Die Wäsche, das Essen, die Wohnung...

Und der Dank?

Sie war aus allen Wolken gefallen. Die betont beiläufige Art, wie er sagte: »Ach, übrigens, ich hab da diese Frau kennen gelernt...«

Nein, sie konnte sich nicht selbst belügen: Sie hatte geahnt, dass es so kommen würde. Dass er sie eines Tages für eine Jüngere verlassen würde. Es hatte sich schon seit Jahren abgezeichnet – seit er begonnen hatte, sich von ihr zurückzuziehen, eigene Wege zu gehen...

Sie wusste schon lange nicht mehr, wo er seine Abende verbrachte. Anfangs hatte sie gefragt. Aber die Ausreden, die sie zu hören bekam, waren immer lahmer geworden. Er gab sich nicht einmal mehr Mühe, es zu verbergen.

Und dann, gestern Abend, bevor er das Haus verließ – um zu IHR zu fahren! – da hatte er es gesagt. Es ihr einfach ins Gesicht gesagt, brutal:

»Ich werde sie heiraten, Mama!«

Herwig Haupt
Reise ins Glück

Doppelte Vorfreude im ICE. Beide sehen sehr zufrieden aus. Ihr Lächeln – unterschiedlich wie ihre Gesichter – aneinander vorbei.

Er fletscht – knurrt behaglich. Bullterrier vor Verzehr seiner Rohbeefration.

Sie lässt ihr zierliches Puppengesicht Vergnügtsein spielen. Schwarze Wimpern. Kohlschwarze Schlitzäuglein unter kühn geschwungener Wimperntusche. Seele Vorhang zu. Heiterkeit beflattert fledermausflockig jeden neugierigen Blick im Erste-Klasse-Abteil. Hübsch, diese Asiatin. Teenager. Rührend naiv.

Er reibt seinen rötlichen Schnurrbart, kriegt Hamsterbacken. Grinst. Die werden Augen machen. Jetzt bekommt ihr euer Enkelkind. Seht sie euch an. Da, in ihrem schmalen, zarten Bauch hat sie es drin. Zufrieden? Nein? Sollte ja was aus unseren noblen Kreisen sein. Damit ihr eure tolle Fabrik in bessere Hände legen könntet als in die des missratenen Sohnes. Der braucht eine straffe Hand mit Gängelband. Zieht nur lange Gesichter. Jammert euch bei der Verwandtschaft aus. Ich lach mich tot.

Ihr Frohsinn ist nicht nur Fassade. Herz frohlockt mit. Geschafft. Passablen Vater gefunden. Einheirat steht unmittelbar bevor. Schwiegereltern werden sich den Realitäten beugen müssen. Kätzchenrolle führt immer zum Erfolg. Sanfte Kunst, demütige Einwickelmethode, durch Unterwerfung zur Herrschaft. Was beim Sohn geklappt hat, wird auch den Vater überzeugen. Und mit der Mutter soll's ohnehin gar nicht so schwierig sein. Sie trinkt. Na schön.

Mit ganz neuen Augen sieht er die heimatliche Landschaft vorüberfliegen. Kaum noch zu hoffen gewagt, dass er sich jemals hier wohlfühlen könnte. Ab heute Abend wird alles anders. Verantwortung. Eltern haben gefälligst auch für ihre Enkel da zu sein. Jawohl. Und wenn sie die Schwiegertochter rausekeln, verlieren sie ihr vielzitiertes Alibi »Allesnurfür…« Brauchen ein bisschen Druck, die Herrschaften. Sollen sie kriegen.

Den Vater ihres Kindes vergessen zu müssen ist bitter. Immerhin wusste sie von Anfang an, er ist ein Luftikus und bleibt einer. Er war schon ex für sie, ehe sie merkte, dass da was war von ihm. Und ehe sie den Neuen fand. Wieder einer mit Glubschaugen und rotem Haar. Aber diesmal Geld dahinter. Glück gehabt.

Er sieht sie von der Seite an. So sanft und zart, so anschmiegsam – seine Zukunft.

Sie mustert seine Handgelenke. Kraft muss gesteuert werden. Ja, sie weiß, sie hat das Zeug zur Baggerführerin.

Ihre Blicke treffen sich. Beide lächeln sich an: Wie schön, du bist genau so froh wie ich!

Michaela Abresch
Fährenengel

Zum Glück war sie zeitig am Hafen gewesen, sodass sie das rückwärtige Deck fast als Erste erreichte. Ihren Rucksack und die kleine Reisetasche aus Nylon stellte sie auf einen der Plastikstühle, die auf den Planken verschraubt waren, dann lehnte sie sich an das Metallgestänge der Reling. Der Wind zerrte an ihren Haaren, was sie aber nicht weiter störte. Wind, Sonne und die Gerüche der Insel waren ihr in den vergangenen Monaten vertraut wie gute Freunde geworden. Freunde, die sie vermissen würde.

So wie Miguel.

Die Sonne stand noch nicht sehr hoch, als die Fähre in San Sebastian ablegte. Sie warf einen Blick über die Schulter. Es waren nicht viele Fahrgäste auf dem Deck, die meisten mieden den rauen Wind, der einem hier um die Ohren pfiff.

Schräg hinter ihr saß ein Bärtiger mit Lederhut, unter dem ein ergrauter Zopf hervorlugte. Er trug eine Menge Indianerschmuck an Hals und Handgelenken und hielt zwischen den Knien eine fellbespannte Trommel. Gedankenverloren tanzten seine Finger über das Schlagfell und der Rhythmus trug ihre Gedanken zurück auf die Insel.

Aus zwei Wochen waren vier Monate geworden, leichten Herzens. Das Studium konnte warten. Und ihr Zimmer in der WG bezahlten sowieso ihre Eltern. Aber nun...

Wieder wandte sie ihr Gesicht dem Meer zu. Miguels schwarze Augen und sein geflüstertes »No te vayas...« in ihrem Ohr hätten sie beinah umgestimmt. Doch sie hatte dem Drängen der Eltern nachgegeben, ihnen versprochen, das Studium wieder aufzunehmen. Bring Ordnung in dein Leben, Kind!

Die Motoren dröhnten, als sich der mächtige Körper der Fähre aus dem Hafen wälzte. Schon bald zeichnete sich ein breiter, schaumiger Gischtstreifen ins Blau des Ozeans. San Sebastian und seine bunten Häuser wurden kleiner, verschmolzen mit den erdigen Farben der Insel.

Ihre Augen brannten. Zum Weinen war nicht der richtige Zeitpunkt, der käme später. Zuhause. In der Enge der kleinen Wohnung. Wenn sie in Nächten ohne Schlaf ihre Entscheidung anzweifeln würde.

Das Lächeln des Bärtigen erreichte sie erst nach einer Weile. Sie setzte sich neben ihn auf den freien Platz. Der Rhythmus, den seine Finger der Trommel entlockten, klang wie das Pulsieren eines

Herzens. Der Herzschlag der Insel. Über ihr leuchtete der Himmel in einem Blau, das ihr beinah wehtat.

Sie erhob sich. Ihre Finger krampften sich um die Holme der Reling.

Wie ein Trugbild, das die Sinne täuscht, verschwand die Insel in der Ferne.

Dass der Klang der Trommel verstummt war, merkte sie erst, als der Bärtige neben sie trat.

»Die wichtigsten Entscheidungen«, hörte sie seine Stimme, die voller Ruhe war und beinah akzentfrei, »trifft man nicht mit dem Verstand.«

Verwundert blickte sie zu ihm auf. Kannte er ihre Gedanken? Ein winziges Lächeln huschte über sein Gesicht, während er aufs Meer hinaus sah. Sie folgte seinem Blick, blinzelte über die aufspritzende Gischt hinweg zum Horizont, wo das Herz der kleinen Insel schlug und nach ihr rief. Und plötzlich war sie sicher.

Lachend warf sie den Kopf in den Nacken. Sie drehte sich zu ihrem Begleiter um, wollte ihm danken, konnte ihn jedoch nirgends entdecken. Sie suchte nach ihm auf dem Deck, in den Kabinen und auf dem Anleger im Hafen, fragte überall nach ihm.

Aber es schien, als habe niemand außer ihr ihn auf der Fähre gesehen.

Michaela Abresch
füttere mich

wie es dir gelang
mich zu zähmen
– rätselhaft –
fütterst mich
mit dem schlag deines herzens
bekomme nicht genug davon
dir aus der hand zu fressen
ist zu meiner liebsten
beschäftigung geworden
füttere mich
satt werde ich nie

Michaela Abresch
Tintenschwarze Winternacht

In blattlosen Zweigen
spielt die Sehnsucht
ihre ewiggleiche Melodie
zwischen Sichelmond
und Sirius
finde ich eine Lücke
für meine Tränen
das Zwielicht des neuen Tages
wird sie unsichtbar machen
für dich

Michaela Abresch
für m und andere helden

finde sie nicht / die schublade / in die ich dich stecken kann /
dich / und die goldsprenkel in deinem lachen / dich / und was
du mit mir machst / begreife / es gibt keine / nicht in meinem
leben jedenfalls / in die du hinein passt / du / und dein gold
gesprenkeltes lachen / das nicht mir gilt / niemals mir / nun
hab ich eine eingerichtet / für dich / in der uralten kommode /
für die mein herz schlägt / sie steht verborgen / im zimmer
ohne aussicht

Michaela Abresch
Michele

Meine Augen sind alt geworden, die Schleier kommen und gehen wie die Tage. Sie erlauben es mir kaum noch, meine Aufzeichnungen zu lesen, doch an sonnigen Tagen wie diesem nutze ich die Helligkeit, die das Sehen erleichtert. Das älteste meiner Bücher ist mir das liebste. Das zarte Knistern des Jahrzehnte alten Pergaments genügt, um mich in jenen Herbst vor langer Zeit zurücktreiben zu lassen.

Ich war ein Mädchen von vierzehn Jahren und unbekümmert, wie Mädchen eben sind, die vom Land kommen und zum ersten Mal Ferien in der Stadt machen. Drei Wochen verbrachte ich damals bei Tante Eleonora in Florenz, in einer Welt, die sich von der meinen unterschied wie der Sommer vom Winter.

16. September 1490, Mittwoch
Endlich habe ich mit ihm gesprochen und kenne sogar seinen Namen – Michele! Doch meine Begegnung mit ihm hat mich sehr nachdenklich gemacht...

Er saß am Ufer, etwas unterhalb des Ponte Vecchio, mit gekreuzten Beinen, so wie all die Tage vorher, und bearbeitete mit einem kleinen Meißel und einem Hämmerchen den weißen Steinblock in seiner Hand. Ich konnte sein Gesicht nicht richtig sehen, weil sein Haar ihm wirr in die Stirn fiel und nur hin und wieder einen Blick in seine Augen zuließ, die wild und entschlossen auf seine Arbeit gerichtet waren. Die Rufe der Händler auf der Brücke und der Lärm von der Uferstraße schienen ihn nicht zu stören. Er war so vertieft in seine Arbeit, dass er weder mich noch den Jungen bemerkte, der sich ihm von der anderen Seite näherte. Sie mögen etwa gleich alt gewesen sein. Ich beobachtete, wie Michele ruckartig den Kopf hob, als der Junge zu ihm trat. Sie sprachen miteinander, ruhig zuerst, doch bald schien der Junge sich über Michele lustig zu machen. Mit dem Finger deutete er auf den Steinblock. Sein gehässiges Lachen drang bis zu mir herüber.

Sie begannen zu streiten, ich hörte, wie der Junge Michele Beleidigungen zurief. Dann schlug er ihm den Stein aus der Hand, der daraufhin ins Gestrüpp flog. Michele sprang auf. Mit heftigen Schlägen gingen sie aufeinander los. Es tat mir weh, ansehen zu müssen, dass Michele der Unterlegene war. Bald lag er auf dem Rücken und mit einem triumphierenden Grinsen versetzte der Junge ihm einen letzten Fausthieb auf die Nase. Ich hielt die Luft an und sah mich um. Außer mir schien niemand den Streit zu bemerken, und wenn schon, welchen Erwachsenen kümmern solche Rangeleien?

Ich dachte nicht länger nach und lief zu ihnen hinüber. Der Junge erhob sich.

»Ewiger Verlierer!« rief er Michele zu, bedachte ihn mit einem abfälligen Blick und rannte fort.

Mein Herz raste, ich hörte es in den Schläfen pochen. Langsam ging ich ein paar Schritte auf Michele zu. Er hatte seinen Oberkörper aufgerichtet und tastete nach der Verletzung in seinem Gesicht. Ich hockte mich zu ihm ins Gras. Seine Nase sah schlimm aus, war rot und geschwollen, und eine feine blutige Spur rann aus dem rechten Nasenloch zu seiner Oberlippe, von wo er sie ableckte. Es war wohl seine Hilflosigkeit, die mich ermutigte, mein Taschentuch aus der Rocktasche zu ziehen und wortlos das Blut aus dem Gesicht des fremden Jungen zu tupfen. Meine Finger zitterten, und ich zuckte zusammen, als Michele vor Schmerzen aufschrie. Suchend blickte er sich um. Der Steinblock schien ihm wichtiger zu sein als die Verletzung in seinem Gesicht. Ich wies mit ausgestrecktem Arm auf das Gebüsch und Michele kroch hinein. Als er zurückkam, setzte er sich neben mich. Mit dem Ärmel begann er den Stein blank zu reiben.

»Danke«, murmelte er. Vor Aufregung konnte ich nichts erwidern.

Michele ignorierte mich ebenso wie das Blut, das unentwegt aus seiner Nase auf das schmutzig gewordene Hemd tropfte. Ich überwand meine Unsicherheit, fasste allen Mut zusammen und sprach ihn an.

»Ich bin Gianna.«

»Michele.«

Gesprächig schien er nicht zu sein.

»Warum habt ihr euch geschlagen?«

Michele schwieg. Ohne Unterlass rieb er über den weißen Stein. Ich beschloss, nicht aufzugeben. So viele Tage hatte ich ihn beobachtet, immer zur gleichen Zeit und konnte nicht einmal sagen, was genau mich an diesem Jungen faszinierte. Irgendetwas umgab ihn, das ihn von anderen unterschied.

»Mir schien, er hat dich beleidigt«, versuchte ich es weiter.

»Ja!« rief Michele. Ich erschrak über die Wut, die seine Stimme dieser einen Silbe verlieh.

»Ja, das hat er«, wiederholte er. Seine Augen funkelten wie schwarze Obsidiane. »Weil der Neid ihn dazu trieb! Ich bin besser als er, meine Arbeiten finden die größere Zustimmung bei unseren Lehrmeistern.« Er stockte, ließ den Stein in den Schoß sinken und seine Stimme klang kraftlos, als er hinzufügte: »Nur einer kann der Beste sein.«

Die anfängliche Selbstsicherheit verlor sich in einem einzigen Augenblick und wich einem Zweifel, der sich wie ein Schatten auf seine Stimme legte. Ich begriff die Zusammenhänge nicht, ahnte aber, dass es etwas mit dem Steinblock zu tun haben musste. Mit dem Hemdsärmel wischte Michele sich das Blut von Nase und Lippen und zog dabei eine schmutzigrote Spur quer über seine Wange.

»Was hast du da?« fragte ich, indem ich mit einem Kopfnicken auf den Stein in seinen Händen deutete.

Widerwillig reichte er mir seine Arbeit. Michele hatte das Relief eines Gesichtes hineingemeißelt. Mit den Fingerspitzen fuhr ich über die Konturen. Die Oberfläche fühlte sich glatt, beinahe weich an.

»Ein Engel?« fragte ich ihn. Gleichgültig zuckte Michele mit den Schultern.

Die Augen des kleinen Steingesichtes waren von solcher Wachheit, dass es mir schien, als blickten sie mich an. Fast wartete ich darauf, dass seine Lippen sich zu einem Laut öffnen würden. Seltsam. Und erschreckend zugleich. Ich warf einen raschen, verstohlenen Seitenblick auf Micheles Hände. Welche Kraft, welches Können verbarg sich in ihnen, wenn sie imstande waren, derart Lebendiges aus kaltem, unbeseeltem Stein zu erschaffen?

»Es ist wunderschön.« Ich weiß nicht, warum ich flüsterte, wie jemand, der sich fürchtet, ein Geheimnis zu verraten. Es war wohl die Ehrfurcht vor Micheles Begabung.

Michele knurrte. Er drehte seinen Kopf zur Seite. »Nein, das ist es nicht!«

Ich verstand ihn nicht.

»Doch, das ist es«, widersprach ich, »und deine Hände haben es erschaffen.«

Mit einer hastigen Bewegung wandte er mir sein Gesicht zu. »Ja, vielleicht haben sie das!« Er wurde laut, was mich erschreckte. »Aber es ist nichts. Nichts! Wertloser Tand. Sieh dir diese Hände an...« Ich wich zurück, als er beide Arme in meine Richtung streckte und mir seine gespreizten Finger gefährlich nah vors Gesicht hielt. »Sie wollen Großes erschaffen, Vollkommenes. Skulpturen und Bauwerke, zu denen die Menschen aufblicken, die Jahre und Jahrzehnte überdauern. Das hier ist es nicht wert, angesehen zu werden! Es genügt nicht, verstehst du, es wird niemals genügen.«

Ohne ein weiteres Wort griff er nach dem Stein in meinen Händen, sprang auf, lief zwei Schritte und schleuderte ihn mit einer kraftvollen und zugleich verzweifelten Bewegung in den Fluss. Ich hörte den Engel ins Wasser klatschen, es war ein hässliches Geräusch. Der Gedanke, dass er nun für alle Zeiten im schlammigen Grund des Arno vergraben sein würde, trieb mir Tränen in die Augen.

Michele drehte sich zu mir um. »Davon verstehst du nichts.«

Ich sah ihm nach, bis er hinter der Ufermauer verschwunden war.

Ich denke an Michele, den ich nie wieder gesehen, aber dennoch nie vergessen habe. Ich erinnere mich, dass ich Tante Eleonora vierzehn Jahre später zum letzten Mal besuchte. Wir spazierten Arm in Arm über die belebte Piazza della Signoria. Kurz zuvor hatte ein Künstler die imposante Skulptur eines Jünglings aus weißem Marmor fertig gestellt, eine Darstellung des biblischen David. Man hatte sie an der Frontseite des Palazzos aufgestellt, wo sie von nun an die Blicke der Florentiner auf sich zog.

Auch an jenem Tag umringte eine große Menschenmenge die Skulptur und alle sahen bewundernd zu ihr auf. Ich weiß noch, dass auch ich es tat, und dass eine stille Freude in mir aufstieg, noch bevor Tante Eleonora mir den Namen des Bildhauers verriet.

MICHELANGELO BUONARROTI
Bildhauer, Maler, Baumeister und Dichter
geb. 06. März 1475 in Caprese bei Arezzo
gest. 18. Februar 1564 in Rom;
Grab in Santa Croce, Florenz

Susanne Schmincke
der schal

die hände beruhigen
die dich nicht halten können
idiotisches stricken
bergseeblauer wolle
wie deine augen
im kurzen sonnenlicht

masche für masche
ein ungeküsster kuss

der schal wird lang
sehr lang
hüllt uns ein
in einen kokon des schmerzes
bis zum wiedersehen

wir kennen noch nicht unsere handschriften

Barko Bartkowski
Das musste mal heraus!

Ich muss es Dir sagen,
– will mich nicht beklagen –
doch ich fühl's an mir nagen,
und das schon seit Tagen,
deshalb muss ich Dich fragen:
wie kannst Du es wagen
so was vorzuschlagen?

Willst Du mich verjagen?

Ich kann's nicht ertragen!
Muss mich jeden Tag plagen,
allein mit den Blagen...
Jetzt platzt mir der Kragen!
Ich könnte Dich schlagen...!
Ich hab' so eine Wut!

Uns wieder vertragen?
Na gut.

Ingrid Leibhammer
Syrinx

Wie schön sie war. Sein Blick klebte an ihr, als wäre der Hauch von Seide nicht vorhanden, der ihre Hüften umschmeichelte. Sie war seine Nixe, die lockende.

Die letzten golden grünen Tonkaskaden ihres Nymphenliedes versanken im Applaus. Ihr biegsamer Körper verbeugte sich tief und saugte das Lebenselixier in sich auf. Den grauhaarigen Mann in der ersten Reihe, der heftig applaudierte und stolz um sich blickte, nahm sie nicht wahr.

Sie ließ sich grundsätzlich nicht auf solche Dummheiten ein. Abends arbeitete sie in der Pizzeria, um sich Gesangsstunden leisten zu können, und war stolz darauf, es trotz allem zu schaffen. Ihr Vater verweigerte ihr konsequent jede Unterstützung. Friseuse hätte sie lernen sollen, die wurden immer gebraucht. Und ihre Mutter meinte, sie heirate sowieso bald, und dann müsse sie die Kinder großziehen, und jede Mark für eine teure Ausbildung für sie sei verschwendet.

Kleine Aufmerksamkeiten wie Blumen akzeptierte sie, aber das Collier hatte sie an den Juwelier zurückgehen lassen. Sie war nicht käuflich. Niemals.

Ihr war nicht klar, dass das Tonstudio ihr einen Sonderpreis geboten hatte. Den größeren Teil der Kosten hatte ER gezahlt, »Kleinigkeit, nicht der Rede wert!«, hatte er versichert und sofort eine seiner Kreditkarten vorgelegt. Alle großen Sängerinnen hatten einen Mäzen wie ihn im Hintergrund. Dass er ihre musikalischen Favoriten nicht kannte – nitschewo. Wer kennt schon Debussy? Und die perlende Flötenmelodie der Syrinx? Nie gehört. In seinen Kreisen orientierte man sich an Dividenden und Renditen.

Er stellte sich vor, wie er sie mitnehmen würde in die Suite des arabischen Hotels, wo der Butler ihn jedes Mal als persönlichen Gast begrüßte und seinen harten Akzent höflich überhörte. Diese Nixe schwelgt in der Wasserlandschaft der klaren Pools, lässt sich unter dem Wasserfall massieren, nippt im flirrenden Licht der Sonne ihre Cocktails – er genoss seinen Tagtraum. Ihre Distanz wird im Wohlbehagen schmelzen. Und der ständig nachgefüllte Wein beim Candle Light Dinner erlaubt es ihm, seine Hände näher wandern zu lassen. Nicht zu schnell, Nixen sind zarte Geschöpfe. Seine Pranken könnten sie erschrecken. Er wird über ihre zarte Haut streicheln und ihr Haar atmen. Ihr schlanker Körper räkelt sich in den Kissen und öffnet sich ihm bereitwillig.

20

Sie hatte ihm deutlich gesagt, dass sie nur für ihre Musik lebte. Aber er gab keine Ruhe. In penetranter Weise war er immer in ihrer Nähe. Er wusste genau, was ihr gefiel. Letzte Woche trug sie auf der Bühne das Kleid für ihren neuen Solo-Auftritt, das er ihr geschickt hatte. Es passte ihr wie eine zweite Haut aus Farbe und entsprach genau ihrem Stil. Das Publikum belohnte sie mit Standing Ovations. Woher er wohl all das über sie wusste? Ihr war unheimlich, als sie nach und nach merkte, was alles er über sie wusste. Sie war für ihn durchsichtig.

Sein Geld zapfte wohl versiegelte Quellen an. Er genoss es, seinen Reichtum zur Schau zu tragen, trug an jeder Hand zwei schwere Diamantringe, sein Mund blitzte golden, er ließ sich in luxuriösen Limousinen fahren, kaufte edle Rennpferde, obwohl er völlig unbedarft war auf diesem Gebiet. Sie mochte ihn nicht. Während er mit seinen dicken behaarten Fingern im Hummer pulte, pickte ihre Gabel im Salat auf ihrem Teller herum. Es war lediglich eine Sache der Höflichkeit, immer wieder mit ihm anzustoßen, ihn nach der Aufführung zufällig immer wieder zu treffen.

Sie würde grundsätzlich nichts mehr von ihm annehmen. Seine Mails nicht mehr lesen. Seine Briefe wegwerfen, eine geheime Telefonnummer beantragen. Sich verleugnen lassen. Ihm den Rücken zuwenden, wenn sie sich im gleichen Raum befanden. Das musste er doch verstehen.

Sie ahnte, dass es ihr nichts nützen würde. Meine kleine scheue Nixe, würde er sagen. Willst mich wohl ein bisschen necken. Du liebst mich doch auch. Willst es nicht zugeben. Willst mich noch ein bisschen zappeln lassen, ja? Na gut, schick mir die teuren Dessous zurück. Aber bitte getragen. Damit wirst du meiner Nase eine große Freude machen, mein Täubchen. Meine Schublade quillt über von solchen Trophäen. Auch du wirst mit mir die Freuden des Lebens genießen. Mach es dir doch nicht so schwer!

Beim Presseball vorige Woche sprach man sie an und lobte ihre neue Internetpräsenz. Alarmiert bemühte sie sich, ihr Unwissen zu verbergen. Ihre Songs, Videos ihrer Bühnenshow, Photos von ihr am Pool... Alles professionell präsentiert. Wirklich gut gemacht. Das würde ihrer Karriere einen neuen Schub geben, prophezeite man ihr.

Dieser Dieb, er hatte sich ihre Künstlerpersönlichkeit angeeignet und der Öffentlichkeit vorgestellt – ohne ihr Wissen! Er spielte mit ihr wie auf einem Instrument. In ihrer Wut fegte sie den Bildschirm vom Schreibtisch.

Die Jade-Ohrringe, die so gut zu ihrer Augenfarbe passten, behielt sie. Auf dem neuen Video waren sie in Großaufnahme zu sehen. Mitsamt dem Collier.

Herwig Haupt
Am Aschermittwoch

Eben war noch richtig grün. Was jetzt? »Ob ich wohl bremsen werde?«, fragt etwas in ihr – wie von weit her.

Doch! Der Fuß hat es erfasst. Die Fahrerin aber hängt immer noch dort, wo sie vor einer Stunde Abschied genommen hat.

Einmal im Jahr. Fasching, wenn zu Hause Karneval ist.

Ich muss wieder bei mir ankommen.

Jürgen ist schon auf, öffnet ihr die Garage. Er streckt die Hand gegen das Seitenfenster, als hätte sie die Scheibe heruntergelassen.

Ich glaube, ich bin drin. Ich muss jetzt aussteigen.

Begrüßung wie immer, Umarmung, Kuss – wie war's? – Schön – und ihr?

Die Kinder kommen auch runter, ja richtig, heute ist wieder Schule. Jürgen hat den Frühstückstisch gedeckt.

Setz dich erst mal. Müde? Ach, es geht.

»Hallo« – die beiden Großen. Die Kleine gibt Küsschen und krabbelt zu Jürgen auf den Schoß.

Schön, dass du wieder da bist. Und den Rest der Woche beide noch Urlaub.

Gleich wird er wieder meine Hand nehmen, mein Haar streicheln, seine Wange an meine...

Sie kennt seine Enttäuschung. Er braucht Zärtlichkeit. Da – wieder sein Dackelblick... seine treuen Augen...

Die Jungen waren Seeräuber, die Kleine trug das Marienkäfer-Kostüm. Jürgen hat fleißig geholfen, Bonbons aufzusammeln.

Nun erzähl doch mal, wie du fern aller rheinischen Fröhlichkeit in Unterfranken deine Freizeit verbracht hast. Unter den Frommen. Hieß euer Motto wieder »Fasching ohne Sünde«?

Dort gibt es Leute, die entfliehen alljährlich dem üblen Treiben. Rückzug zu Buße und Gebet.

Jürgen hat Verständnis. Kommt ja aus einer gläubigen Familie. Und sie ist Pfarrerstochter. Also völlig klar und unverdächtig, dass sie an solchen Freizeiten teilnimmt, die ihr Cousin organisiert, aber nicht leitet. Dessen Frau ist ihre Verbündete. Die spielt mit, hat selbst »nebe naus« was laufen. Jürgen wird daheim beim Karneval der Kinder gebraucht. Jedes gönnt dem Anderen das Seine.

Das ist die Gelegenheit. Narrentreff beim Hammerwirt statt Gebetswoche auf Burg Wolkenhöh.

Ach Jürgen! Wenn er bloß nicht so grauenhaft lieb wäre!

Ihm mal alles ins Gesicht schreien. Wie sie seine Wohlerzogenheit zum Kotzen findet, seine unendliche Geduld, seine vorsichtigen Liebesbeweise. Seit zwölf Jahren übt er Nachsicht. Er kann ja so gut verstehen, dass sie aus einer Familie kommt, wo man eher rau als herzlich miteinander umging. In den Arm genommen werden – das kannte sie nicht, ehe er sich in sie verliebte. Wenn für ihn Zärtlichkeit angesagt ist, fühlt sie sich hilflos. Aber er versteht das ja soo gut!

Den Robbi kennt sie durchs Internet. Der hat kräftige Hände. Die können zupacken. Diesmal kam ihr auch Knuddelkurt näher, der Glatzkopf mit den schiefen Zähnen. Letztes Jahr war der muskulöse Martin ihr Favorit. Richtige Namen gibt es nicht. Die wahre Person ist nicht gefragt. Ich selbst – wer mag das wohl sein?

Jürgen hat der Kleinen schon das Mützchen aufgesetzt, zieht ihr den Reißverschluss zu. Tschüs Mama, und ab in den Kindergarten. Jürgen bringt sie hin.

Gleich allein mit ihm. Sein liebenswertes Lächeln will erwidert werden. Wie kalt es in mir ist! Seine warmen, braunen Augen stellen Fragen. Dringen aber nicht so tief wie Robbis eisgrau fordernder Blick. Wie antworten?

Da ist er schon. Sie lächelt zurück, liest ängstliches Hoffen aus ihm. Dackel bittet um gut Wetter. Mit Bären hab ich's mehr als mit Hunden.

Sie werden wieder das Ehebett bewühlen. Sie wird zurückkehren in die angemessene Rolle, wieder hallo sagen zu der tiefen, tiefen Traurigkeit, die tränenlos dahinschleicht. Und sie werden weiter Gefühle miteinander teilen.

Susanne Schmincke
Jogging

Waldparkplatz Brombachtal. Er stieg aus dem Auto, schlug die Tür zu und steckte den spitzen Schlüssel in die kleine Tasche seiner eng anliegenden Laufhosen.

Erst einmal tief Luft holen, dann ging es los. Zunächst steppte er ein bisschen auf der Stelle; die Knie fast hoch bis zum Kinn, erst langsam dann schneller. Aufwärmen musste sein. Es war frisch hier am Waldrand, aber das tat gut nach dem Stress des Tages.

Er trabte los, ganz der routinierte Jogger, obwohl es das erste Mal seit einer Woche war, dass er sich die Zeit nehmen konnte.

Weil es so kühl war, lief er schneller als gewohnt, wusste, dass sich das später unangenehm bezahlt machen würde. Hier neben dem Bach war es eben, der Weg breit und mit Schotter befestigt. Auf den Wiesen blühte Löwenzahn, gelb getupftes Grün vor der dunklen Tannenschonung im Hintergrund. Da müsste man eigentlich ein Foto machen, dachte er. Kitsch pur, fehlt nur der röhrende Hirsch am Ufer.

Trab, trab, er zählte die Schritte, eins, zwei, drei, vier, atmen, eins, zwei, drei, vier, atmen...Ihm wurde warm.

Nach ein paar hundert Metern bog er ab auf den schmalen Weg zum Knerpel, einem Berg mit Plateau, von dem auf der anderen Seite der Parkplatz wieder gut zu erreichen war.

Es ging steil bergauf. Eins, zwei, drei, atmen...ein neuer Rhythmus. Jetzt musste er das Tempo drosseln. In Serpentinen schlängelte sich der Anstieg hoch; nur langsam kam er voran, Treppenstufen versuchte er dennoch sportlich zu nehmen... Geländer, pah!

Auf, auf, halt durch. Ein Blick auf die Pulsuhr: 170. Eigentlich zu viel, aber was soll's. Wozu sich schonen? Sie interessierte seine Gesundheit sowieso nicht mehr. Zwei Jahre waren sie zusammen gewesen. Und dann das.

Wie dunkel es hier war! Nach dem hellen Frühlingsgrün des Laubwaldes näherte er sich dem Ende des Aufstiegs in einem Nadelwald. Rechts wuchsen Lärchen und der ganze Weg war mit ihren hellbraunen Nadeln gepolstert. Wie gut es sich hier joggte! Genadelt, gefedert, von Dur nach Moll. Aus Spaß sprang er ein paar Mal hoch in die Luft und landete wieder sanft auf dem Untergrund. Und der Geruch! Harz, Pilze. Er lächelte, als er sich an die Rotte Wildschweine erinnerte, die vor einiger Zeit vor ihm über den Weg gewechselt war. Eine Familie.

Wie konnte sie ihm das antun! Seine Zukunft hatte er sich seit langem nur mit ihr an der Seite vorgestellt. Undenkbar, dass sie so auf den anderen reinfallen würde. Mit Kindern wollten sie abwarten, bis er als Beamter übernommen wurde. Schon wegen der Beihilfe und so.

Verdammter Mist das Ganze. Wütend stapfte er auf.

Jetzt öffnete sich sein Weg auf dem Berg: einige Felder am Waldrand, Hochsitze der Jäger, hinten fuhr ein Bauer mit dem Traktor auf dem Acker und düngte das Grün auf dem Feld.

Er legte wieder an Tempo zu, Puls gleichmäßig mit 130. Trab, trab, sein idealer Laufrhythmus. Die Beine machten gut mit trotz der einwöchigen Pause. Wie viele Gedanken ihm kamen beim Laufen. Welche Ideen! Übermütig sprang er lässig über einige große Pfützen. Sie müsste ihn mal so sehen! Nie war sie mit ihm gelaufen. Das bisschen Gymnastik in der Gruppe, was sie machte, reichte eigentlich nicht aus. Und das Weibergequatsche dabei. Bestimmt nur über die Macken der Männer. Vielleicht besaßen sie doch zu wenige Gemeinsamkeiten. Aber der andere, was hatte, konnte der denn schon? Wie billig! Auf dem Betriebsausflug war es passiert. Und verheiratet ist er auch noch! Vor Wut über sie lief er wieder schneller. Diese blöde Kuh, blöde Kuh, b-l-ö-d-e-K-u-h-b-l-ö-d-e-K-u-h.

Der Weg, der oben teilweise mit Gras bewachsen war, führte jetzt wieder den Berg hinunter. Jetzt hieß es aufpassen, denn auf den kleinen Steinchen konnte man leicht ausrutschen. Er bremste deutlich ab, machte viele kleine Schritte und stoppte an einer Bank. Er trank seine Flasche leer, dehnte die Arm- und Beinmuskulatur, aber setzte sich nicht. Noch etwa drei Kilometer musste er bis zum Auto zurücklegen. Dann wurde er tatsächlich überholt. Zwei Mädchen joggten an ihm vorbei. Na, die waren mindestens zehn Jahre jünger als er. Er dachte daran, wie sein T-Shirt von hinten aussah. Bestimmt hatte er wieder ein dunkelblaues Dreieck vom Schweiß auf dem Rücken. Unter den Armen war er auch klatschnass. Sie hatte nie viel geschwitzt. Aber zwischen ihren Brüsten schmeckte es trotzdem salzig. Sie lachte immer, wenn er mit der Zunge dort entlang fuhr. Nein, Schluss, aus, denk nicht mehr daran! Er gab sich selbst strenge Anweisungen und mit Blick auf die Pulsuhr und die Mädchen vorn legte er zu. Ein rasanter Sprint bergab. Einmal rutschte er etwas im feuchten Laub. Mit großen Schritten und konzentriertem Blick auf Unebenheiten kam er schnell unten auf dem Talweg an.

Auch hier wuchs Löwenzahn auf den Wiesen. Wie schön. Das Leben ging weiter. Soll sie machen, was sie will. Er schlug mit den Armen an die tief hängenden Zweige der jungen Buchen, tänzelte etwas auf der Stelle, weil ein Auto entgegen kam und er ausweichen musste. Jemand vom Forst, klar erkennbar dank Allrad und grünem Schild, passte gerade so hier durch.

Der letzte Kilometer. Weil das Tal wieder enger wurde, stieg der Weg etwas an und führte oberhalb vom Bach im Wald entlang. Er versuchte, sein Tempo zu halten, aber merkte die Müdigkeit, den Stress der Woche, sein fehlendes Training. Na gut, langsam, nicht so hastig, es reicht für heute, kannst ja morgen wieder laufen. Ruhig legte er die letzten Meter zurück. Am Auto angekommen lächelte er und sagte laut: »Auf Wiedersehen, Wald!« Die Autotür knallte zu.

Ingrid Leibhammer
Stärke 7

Ein graugrüner Schwall stieg über die Reling zu ihnen herein und umspülte ihre Knöchel. Nur noch die Sturmfock hielt die Yacht stabil. Sie hantierte mit den Tauen, versuchte die Wellenberge, das Aufbäumen rechtzeitig zu ahnen. Ihre klammen Finger mühten sich ab mit den Knoten, die sie unbedingt lösen musste. Ihre Haare klebten im Gesicht. Auf den Knien rutschend barg sie die schlagenden Segel. Dieser Rodeoritt erlaubte keinen aufrechten Gang mehr. Ihre Kiefer schmerzten, mit zitternden Fingern versuchte sie ihre Kapuze dichter um ihren Kopf zu schließen. Dampfender Tee mit einem Schuss würde jetzt gut tun, dachte sie.

Sie stemmte sich den Niedergang hoch. »Es geht ihm schlechter, das Fieber schüttelt ihn, er stöhnt vor Schmerzen. Wir müssen was unternehmen.«

»Verkeil ihn in der Koje, dass er nicht rausfällt, mehr geht jetzt nicht.«

Die weißen Zähne der schwarz-grünlichen Monster tosten heran und wollten alles verschlingen. Eine blau-schwarze Wand drohte ihnen vom Horizont.

»Pick den Sicherheitsgurt ein und mach die Luke dicht.«

Sie tat, was er sagte. Sie konnte sich auf ihn verlassen, ganz anders als bei ihrem Mann. Sie blieb dicht bei ihm.

Ihre Haut schmeckte kalt und salzig auf seinen Lippen. Er spürte ihre warme Schulter unter seinem Arm. Breitbeinig balancierte er die bockigen Bewegungen aus, das Steuerrad fest im Griff, konzentriert darauf, nur ja nicht quer zu den Wellen zu kommen.

»Habt ihr die Rettungsinsel parat? Ist die in Ordnung?«

»Keine Ahnung, so was haben wir nie gebraucht.«

Unten polterte Geschirr aus den Schränken. Das Funkgerät war schon lange still. Wer wohl da draußen ebenso kämpfte? Sie dachte an die Schwindel erregende Tiefe unter ihnen. Diese Kreaturen würden wohl nur ihre sauber geputzten Knochen übrig lassen.

Eine weiße Wand tauchte in ihrem Augenwinkel auf.

Sich festklammern, Luft, atmen, Wasser in Augen und Ohren.

Sein fester Griff packte sie: »Los, spring, sieh zu, dass du reinkommst.« – »Aber du...« »Ich komme, ich schneide sie frei, los jetzt!«

Aus ihrer nasskalten, bockenden Insel sah sie ihr Schiff im nächsten Wellental verschwinden.

Unseliges

Michaela Abresch
Annas Traum

Wie Teile eines Puzzles fügte sich eins zum anderen. Sie wusste, mit welcher Straßenbahnlinie er fuhr und an welcher Haltestelle er ausstieg. Kannte seine Vorliebe für Nougatcroissants, die er morgens vor Arbeitsbeginn in einer Konditorei auf der Sendlingerstraße kaufte, dazu einen Pappbecher mit Milchkaffee, den er im Gehen trank. Er rauchte zu viel, trug eine Armbanduhr von Burberry und einen schmalen goldenen Ring an der linken Hand.

Nie würde Anna den Morgen vergessen, an dem er sie zum ersten Mal in der Straßenbahn bemerkt hatte. Sie war auf dem Weg zu dem kleinen Laden gewesen, in dem sie Hüte und Handschuhe verkaufte. Hüte und Handschuhe – keine aufregende Umgebung für ein junges Mädchen. Aber man war zufrieden mit ihrer Arbeit und sie verdiente genug, um regelmäßig die Miete für ihre Zweizimmerwohnung zu bezahlen. Neuerdings gönnte sie sich sogar ab und zu den Luxus eines Nougatcroissants und eines Milchkaffees aus der Konditorei auf der Sendlingerstraße.

An jenem Morgen starrte Anna aus dem schmutzigen Fenster der völlig überfüllten Straßenbahn. Als diese mit dem gewohnten Rucken zum Stehen kam, trat jemand ihr auf den linken Fuß. Ein knapper Seitenblick genügte. Einer dieser Krawattentypen, dunkler Anzug, heller Trenchcoat, Aktentasche, Handy am Ohr; einer, für den kleine, unscheinbare Verkäuferinnen aus Handschuh- und Hutläden unsichtbar waren. Glaubte Anna. Sie erwartete keine Reaktion, erst recht keine Entschuldigung, doch sie sollte sich täuschen. Noch ehe sich die Türen vollständig geöffnet hatten, drang durch das Stimmengewirr der Fahrgäste seine Entschuldigung zu ihr durch. Sie klang zu ehrlich, zu freundlich, um sich nicht danach umzuschauen. Beinah ein wenig erschrocken suchte sie, während sie im Gewimmel der aussteigenden Fahrgäste nebeneinander die Straßenbahn verließen, sein Gesicht. Er nickte ihr zu, seine Augen funkelten. Lächelten sie an. Wie gelähmt stand sie da. Sie starrte ihm nach, wie er sich eiligen Schrittes entfernte. Erst als sie ihn aus den Augen verloren hatte, erwachte sie aus ihrer Lethargie. Warum bloß hatte sie sein Lächeln nicht erwidert? Es geschah nicht oft, dass Anna von Männern angelächelt wurde. Sie gehörte nicht zu den auffallenden Schönheiten; ihre Beine waren zu kurz, die Nase zu breit und die Farbe ihres Haars gewöhnlich, wie alles an ihr. So gewöhnlich, dass es sich für gut aussehende Typen in Anzug und Krawatte nicht lohnte, Notiz von ihr zu nehmen.

31

An jenem Morgen begann Anna zu träumen. Sie träumte sich in ein Leben, das mehr für sie bereithielt als die Enge ihrer Zweizimmerwohnung und das tägliche, sich ständig wiederholende Einerlei zwischen Hüten und Handschuhen. Sie träumte von dem Mann, der zu diesem Leben gehörte, der ihr zulächelte, immer wieder und nur ihr; davon, ihm nah sein und mit ihm teilen zu dürfen, was sonst niemand mit ihm teilte.

Bald wusste sie, dass er jeden Morgen mit der Acht-Uhr-siebzehn-Bahn am Sendlinger Tor ankam; sie wartete dort auf ihn, um ihm unauffällig zu folgen. Manchmal gelang es ihr, in der Konditorei schräg hinter ihm vor der Ladentheke zu stehen. Bestellte er dann sein Nougatcroissant und den Milchkaffee, sog sie den Klang seiner Stimme in sich auf, um sich später daran erinnern zu können, so oft sie es wollte. Dabei zitterten ihre Knie und ihr Herz raste und sie wünschte sich nichts mehr, als noch einmal von ihm bemerkt zu werden, nur noch einmal.

Viele Wochen lebte Anna für ihren Traum, dessen Verwirklichung unerreichbar schien, bis an einem verregneten Novembertag plötzlich alles anders wurde. Wie jeden Morgen wartete Anna an der Haltestelle am Sendlinger Tor auf die Acht-Uhr-siebzehn-Bahn. Sie hielt pünktlich, öffnete ihre Türen und heraus quoll die morgendliche Menschenmenge.

Sie entdeckte ihn sofort, folgte ihm zur Kreuzung, um dort ein Stück hinter ihm die Straße zu überqueren. Er schien es eilig zu haben; sie hatte Mühe, Schritt zu halten. Dann ging alles rasend schnell. Wie eine Klinge durchschnitt das Geräusch kreischender Bremsen die Luft. Glas zersplitterte, Menschen schrien.

Voll Entsetzen schlug Anna eine Hand vors Gesicht, lautlos blieb der Schrei in ihrer Kehle stecken. Regenschirm und Tasche glitten aus ihren Händen. Ohne sich danach umzusehen, rannte sie los. Sie drängte die Menschen beiseite, die ihr im Weg standen, schob sich vor bis zum Straßenrand und erreichte ihn, bevor es jemand anderes tat. Sie kniete sich zu ihm auf die regennasse Straße. Ihre Fingerspitzen strichen über seine Wange. Aus einer Wunde am Kopf sickerte Blut, unaufhörlich wie ein Rinnsal, vermischte sich mit Regentropfen oder mit ihren Tränen oder mit beidem, Anna wusste es nicht. Sie fand ein Taschentuch in ihrer Manteltasche, das sie auf die Wunde drückte. Seine Lider flatterten, öffneten sich für einen Moment. Es schien ihn eine Unmenge an Kraft zu kosten. Anna tauchte ein in seinen Blick, fand Worte, besänftigend, tröstend. Ihre Lippen bebten, als sie ihm das Lächeln schenkte, das sie für ihn aufgespart hatte.

Erst viel später wurde ihr bewusst, wie nah sie ihm in dieser kurzen Zeit gewesen war, und dass sie allein, niemand sonst, den letzten Augenblick seines Lebens mit ihm geteilt hatte.

Ingrid Leibhammer
Das Gesicht

Sein Vater war heute besonders gut drauf. In den Kurven drückte es ihn in die rechte Ecke und seine Schwester quiekte. Seine Mutter summte den Song im Radio mit. Sie kamen vom Geburtstag ihrer Oma, das Haus war voller Leute gewesen und die Kinder durften im Garten toben. Für sie gab es sogar Cola, so viel sie wollten. Sein Vater rülpste und sie kicherten.

Und plötzlich stand die Welt auf dem Kopf. Das durchdringende Geräusch von berstendem Metall dröhnte ihm im Kopf. Die Welt drehte sich noch einmal. Stille. Wo ist denn nur der Griff? Der Geruch von aufgebrochener Erde. Dreck an seinen Knien. Seine beste Hose, die Mama würde schimpfen.

Wo ist denn ... Da ist sie ja, ebenfalls draußen, die Tür sperrangelweit offen, halb aus den Scharnieren gerissen. Die hat die Augen zu. Die muss ich gleich mal rütteln.

»Papa, weshalb kriechst du denn auf dem Boden? Kannst du nicht mehr gehen?«

»Los, beweg dich, tu was, steht hier nicht so rum. Hilf der Mama. «

Durch die verdreckte Scheibe sah er die Augen seiner Mutter auf sich gerichtet, ihr Mund bewegte sich. Die blöde Tür klemmte.

Sein Vater war weg, robbte auf den Ellbogen vom Auto weg. »Papa, wo willst du denn hin?« Seine Stimme trug nicht weit.

»Los, Tina, steh auf, hilf mir doch mal.« Sie rührte sich nicht.

Er rüttelte an der verbogenen Tür, irgendwie musste sie doch aufgehen. Verschwommen sah er die Finger seiner Mama an die Scheibe klopfen. Der Tankstellengeruch stach ihm in die Nase. Und dann wurde es heiß, noch viel heißer als am Strand von der Insel im letzten Sommer. Er wich zurück. Aber seine Mama, die musste doch raus. Er rannte um das Wrack herum. Seine Mama war voll Blut, ihre Beine verschwanden in dem Blechknäuel.

Er hielt es nicht aus. Sein Gesicht schmerzte, als würde die Haut Blasen werfen. Kleine hohe Töne kamen von irgendwo her. Ich krieg die Tür nicht auf, ich krieg die blöde Tür nicht auf, ich krieg sie nicht raus, wieso krieg ich denn die Tür nicht auf. Irgendwas mach' ich falsch.

Er schnappte nach Luft, immer schneller, ihm wurde schwindlig.

Er verbrannte sich die zitternden Fingerkuppen. Das Knistern der Flammen löschte jedes andere Geräusch aus.

Das Gesicht seiner Mutter und ihre Hände, die gegen die Scheibe klopften, erschienen ihm sein ganzes Leben lang, überfielen ihn aus dem Nichts. Und jedes Mal, wenn er Metall kreischen hörte, packte ihn heftiger Schwindel und Kopfschmerzen quälten ihn, so dass er sich ins Bett verkriechen musste. Die Strafe. Nie hat er jemandem erzählt, dass es seine Schuld war, dachte er.

Herwig Haupt
Zwischen Engers und Örms

Federweißer schmeckt zum Zwiebelkuchen am besten. Drei Gläser hatte er getrunken und deshalb ging er zu Fuß. Den kurzen Weg über die Eisenbahnbrücke, wo vor einem Jahr das Pferd... – Ob sie wohl wieder richtig instand gesetzt war? Ab und zu gab eine Platte nach unter seinem Tritt. Dann passierte er den zweiten Turm. Beleuchtung konnte man nur ahnen, war aber nicht eingeschaltet. Er tappte in den finsteren Raum hinein – und streifte eine Schulter – weiblich! »Ey, pass doch uff!«, keifte es. Das konnte ihm die gute Laune nicht nehmen.

»Weitermachen«, rief er dem Pärchen zu und setzte seinen Heimweg fort. Der Boden war jetzt mit Profilbrettern aus Kunststoff belegt. Es ging sich viel angenehmer. Aber dann kam ein Zug. Links der Rhein in zwanzig Metern Tiefe, rechts ein haushohes Gerüst aus Eisenträgern, die Schienen nur drei Schritte von ihm entfernt – und das Ganze in einem ratternden Erdbebeninferno vibrierend, immer näher, immer heftiger. Er hielt sich am Geländer fest. Und zugleich kam ihm noch ein Radfahrer ohne Licht entgegen, der ihm im Vorbeistrampeln etwas zurief, das er kaum verstand. Aufpassen sollte er, da seien wieder »welche«. Er blickte dem Zug und dem Radfahrer nach und sah, dass die beiden, die er beim Küssen gestört hatte, jetzt Arm in Arm hinter ihm herschlenderten.

»Allein ist es hier doch nicht so schön«, dachte er. Sie blieben stehen und er schritt wieder tapfer dem linken Ufer zu. Am letzten Pfeiler entdeckte er in zwei Metern Höhe eine verrostete Leiter, die am Eisengestänge aufwärts führte, bis zu einer schmalen Plattform über den Leitungsdrähten. Wenn sich da oben einer auf die Lauer legte... – Unsinn, der wär ja selber schuld... Mit sechzig hat man keine Angst mehr vor Sachen, die gar nicht da sind.

Aus dem dritten Turm, schon am Ufer, dudelte ihm ein Kofferradio entgegen. Fröhliche Rufe aus durstigen Kehlen weckten in ihm ein behagliches Gefühl. Hier wurde gefeiert. Hier konnte man getrost... – »Ey, Opa, heb die Flasche wieder auf.« Er war über etwas gestolpert. Ein kräftiger Arm griff nach seinem Hals. Kettchen klirrten daran. Er wich ein paar Schritte zurück. Mindestens vier verwegene Gestalten lösten sich aus dem Turmeingang und kamen langsam auf ihn zu. »Schmeiß ihn runter!« – verstört starrte er in zusammengekniffene Augen, roch Schnapsfahnen, hörte Stiefel poltern – dann hinter ihm die Stimme von vorhin:

»Lasst den Mann in Ruh!« Die junge Frau zog ihren Freund an der Schulter rückwärts und drängte sich vor. »Komm doch her, Kleine,«, höhnte es ihr entgegen, »willste einen rein?« – »Ich ruf die Polizei« – sie zückte ein Handy. »Hahaha – bis die da sind!« Der junge Mann trat nun doch näher heran und stellte sich neben den Alten. Er hob die Hände ans Kinn und senkte den Kopf. Es sah so aus, als wollten die vier losprügeln, aber die Stimme der Frau ließ sie zögern: »Streife in Urmitz? – ja, gleich am Ufer«, und dann zu den Bedrohern: »Die sind gleich da!« Das klang kriegerisch und triumphierend, während die Schienen wieder zu rasseln begannen und die Lichter eines Zuges näher kamen. Zugleich zeigte sich Scheinwerferflackern auf der Asphaltstraße neben dem Zug.

Fünf oder sechs Kraftprotze trabten los, rannten an dem Alten und seinen Beschützern vorbei und verschwanden rasch auf der Brücke in Richtung Engers.

Mit dem Zug knatterte ein junger Mofafahrer heran, zwängte sich durch den Turm und stoppte, da ihm drei Fußgänger im Weg standen. »Soll das ein Überfall werden oder was?«, wetterte er los. »Nee, den haste leider versäumt« entgegnete das Mädchen, »aber du hast uns geholfen die Kerle zu vertreiben«. Die umständlich rundum verteilten Dankesworte des alten Herrn, dem man sowohl den Schreck als auch den Federweißen anmerkte, verwirrten den Neuankömmling anfangs, stillten aber auch seinen Zorn. Allmählich verschafften ihm die drei den Durchblick. »Dann fahr ich mal weiter, bevor die Bullen mein Mofa...« – »Ach, warte doch, bis die Schläger ganz drüben sind«, bat ihn das Mädchen. »Sonst merken die, dass hier gar keine Polizei ist. Mein Akku ist nämlich leer.«

Susanne Schmincke
Große Politik

Er saß an seinem gläsernen Schreibtisch, alles strahlte blitzblank, aufgeräumt, der Monitor war leer. Nicht mal eines seiner Spiele hatte er laufen, auch die Blondinen-Fotoserie blinkte ihn nicht an. Sich selbst hatte er sehr oft auf Bildschirmen gesehen und in Zeitungen, die es immer noch gab, nicht nur für Nostalgiefreunde.

Ein großes Glas mit Wasser stand neben der Tastatur, die Packung mit den Tabletten lag daneben.

Gut sah er aus, sonst wäre er besonders von den Frauen nicht gewählt worden. Die Imageberater hatten ihr Bestes gegeben, eine zweite Legislaturperiode war halb herum ohne große Turbulenzen.

Sein Lieblingsgerät im Büro war der vollelektronische Krawattenspender. Dieser registrierte genau, welche Krawatte er an Tagen mit öffentlichen Auftritten trug, schlug für den nächsten Fototermin ein passendes Exemplar vor und machte Alternativvorschläge, wenn es sich beispielsweise um eine Abendveranstaltung mit speziellem Publikum handelte, wie der Vereinigung privater Börsengründer oder den Gegnern der Kinderwagenmaut.

Seit Gründung des Lobbyistenabfangministeriums hatte er als Minister für Wirtschaft deutlich weniger zu tun als seine Amtsvorgänger. Alle Vertreter von Interessenverbänden wurden von Botti-63-7 einbestellt, verhandelt, datentechnisch erfasst und ausgewertet unter Zugrundelegung von 50 Jahren Statistik. Die Roboter waren nicht bestechlich und konnten sachliche, menschlich-emotionale und finanzielle Dinge berechnen und entscheiden.

Nur mit der Repräsentation klappte es bei den Bottis noch nicht. Er schmunzelte. Selbst wenn man auch ihnen Krawatten umhängen würde, gäbe es eher Gelächter als Wahlstimmen. Aber dafür hatte man ja ihn, den perfekt nasenhaarrasierten und weiß lächelnden Minister mit der riesigbunten Krawattenauswahl. Und mit der hervorragenden Ausbildung an der besten Privatuniversität Europas, die ihm für seinen Job nur insofern nützte, als dass sie seine Vita zierte und so weitere Stimmen einfing.

Fachfragen in Interviews waren seit einigen Jahren abgeschafft, weil der Redefluss eines ausgebildeten Politikers nicht mehr zu bremsen war, wenn man ihm Sendezeit im Handy-TV einräumte. Für fachliche Diskussionsrunden gab es die Roboter, die mit Millionen Daten gefütterten Bottis, denen manchmal ein gewiefter Journalist versuchte, eine Frage zu stellen, die aus dem Rahmen fiel. So konnte kürzlich eine hohe Sehbeteiligung erzielt werden, als jemand fragte, wie sich volkswirtschaftlich ein Schaden ergeben könnte, wenn die Menschen ihre Haare nicht mehr fönen, sondern an der Luft trocknen ließen, selbstverständlich unter Einrechnung der zusätzlichen energiebedingten Kosten durch Erhöhung der Luftfeuchtigkeit in klimatisierten Räumen.

Die erste Tablette landete im Wasserglas. Die Sache mit Emma hätte damals was werden müssen. Wieso hatte sie ihm nicht gesagt, dass sie genetisch von der Familiengründung ausgeschlossen war? Gerade jetzt, wo seine Ehe mit der politisch korrekten und fernsehtauglichen Janine kriselte. Sie wollte mehr reisen als er und diskutierte außerdem auf langweiligem Niveau ständig über den Kontrast der Farben von Haar, Hemd und Krawatte.

Er dachte in letzter Zeit oft an seine erste Liebe, wie sie beide nicht von einander loskamen und das Denken an den Partner den Alltag beherrschte.

Gefühle zu haben war »altmodisch«, wurde beim Couching wegtrainiert, beeinflusste angeblich die Grundeinstellung für das Arbeitsleben und konnte den Erfolg sogar verhindern. Erfolg! Erfolg im Krawattentragen, lächeln in die Kameras bei der Einweihung von Firmen oder Banken, bei der Unterschrift der von Bottis erstellten Haushaltspläne, die selbst ein gut ausgebildetes Hirn nicht mehr verstehen konnte.

Eine zweite Tablette sprudelte im Wasser, das sich hellgrün verfärbte. Vielleicht sollte er doch die ganze Packung schlucken. Dann hätten sie nur noch das Problem mit der artgerechten Entsorgung.

Michaela Abresch
Tee für Nick

Die Handgriffe liefen stets nach einem gewohnten Muster ab, als seien sie ein einstudiertes Ritual, das einem besonderen Ablauf gehorcht. Es lag eine Ruhe darin, über die sie sich schon lange nicht mehr wunderte. Tag für Tag, immer zur selben Zeit.

Mit der rechten Hand nahm sie die beiden Teebecher vom Küchenbord, mit der anderen griff sie nach der bauchigen, blau glasierten Zuckerdose. Dann stellte sie alles in einer ganz bestimmten Anordnung auf den sauber geschrubbten Küchentisch.

Nick würde jeden Moment nach Hause kommen. Zweimal schon hatte sie gemeint, seine Schritte draußen auf dem Kiesweg zu hören. Er war seit dem Morgen fort, so wie jeden Tag.

Aus der Schublade nahm sie zwei kleine Löffel, legte sie lautlos rechts neben die Teebecher, nicht ohne Nicks Tasse dabei ein wenig gerade zu rücken. Fast liebevoll strichen ihre Fingerspitzen über die winzige angeschlagene Kerbe am oberen Rand, in der Nähe des Henkels.

Unmerklich lenkte sie ihren Blick hinüber zum Fenster. Die Köpfe der Weidenröschen auf der Obstwiese vorm Haus wiegten sich im Wind. Der Sommer in Connemara war wärmer, als er es in den letzten Jahren gewesen war. Nur die Brise vom Meer machte die Hitze erträglich.

Es war früh am Morgen gewesen, als Nick zum Fischen hinausgerudert war. Mit dem Boot, an dem er tagelang gearbeitet hatte. Die beiden Lecks abgedichtet, die Planken geölt, ein neues Paddel gezimmert, weil das alte faul war und zerfressen von der Feuchtigkeit. Wieder warf sie einen Blick aus dem Fenster, vorbei an den zum Trocknen aufgehängten Bettlaken, die an der Leine tanzten. Sie kniff die Augen zusammen, fixierte den hölzernen Bootsanleger und die steil aufragende Klippe auf der anderen Seite.

Mit einer Hand hielt sie das Teesieb über die Kanne, während sie mit der anderen nach dem Wasserkessel griff. Glühend heiß dampfte das Wasser, als es die Kräuter im Sieb ertränkte und sich sofort der würzige Duft in der kleinen Küche ausbreitete.

Nick mochte Tee aus Wildkräutern. Brennnesseln, Pfefferminze, Salbei, alle selbst gepflückt, getrocknet, gereinigt und zerrieben. Er trank ihn am liebsten, wenn er vom Fischen nach Hause kam. Er wärmt den Hals und streichelt die Seele, sagte er immer und seine Stimme klang dabei wie der Wind, wenn er im Sommer durch das ungemähte Gras streicht.

40

Sie lächelte müde. Lenkte ihren Blick auf die selbst gezimmerte Kommode und die beiden gerahmten Fotografien darauf. Nick aufrecht stehend in seinem Boot, einen silbrigen Dorschleib an der Angel, im Gesicht ein breites Lachen.

Das zweite Foto zeigte ihn und sie, die Köpfe dicht aneinandergeschmiegt, in jener Sommernacht, in der sie sich die Ewigkeit versprochen hatten.

Die Erinnerung zauberte ihr ein flüchtiges Lächeln auf die Lippen, doch ein weiterer Blick aus dem Fenster holte sie im gleichen Augenblick zurück in die Wirklichkeit. Mit schmalen Augen heftete sie ihren Blick auf die äußere Spitze der Bucht, sah im Geiste Nicks Boot am Fuß der Klippe, wie es eindrehte und Kurs auf den Anleger nahm.

Das Steinhaus an der Küste von Connemara war Nicks Traum gewesen. Er hatte es selbst gebaut und sie war, angesichts seiner Euphorie, nicht in der Lage gewesen, ihm von ihrer Angst vor der Einsamkeit zu erzählen. Die nächsten Nachbarn wohnten über eine Stunde entfernt und ein Einkauf in Killary bedeutete jedes Mal eine Tagesreise.

Mit einem schwachen Seufzen stellte sie die Teekanne auf den Untersetzer und schob beides in die Mitte des Tischs, genau zwischen die Teebecher. Dann ging sie zur Tür und trat hinaus. Der Wind blies ihr eine Haarsträhne ins Gesicht.

Ruhig lag das Meer in der von den Hügeln begrenzten Bucht. Doch sie nahm weder die im Sonnenlicht tanzenden Silberpunkte auf dem Wasser wahr, noch das sanfte Geräusch des Wellenschlags beim Anbranden an die Küste.

Starr bohrte sich ihr Blick in den Horizont.

Sie hatte nicht gewusst, dass Einsamkeit sich wie ein körperlicher Schmerz anfühlte, und die anfänglich gespürte Wut darüber, ihn machtlos ertragen zu müssen, war inzwischen einer Art klaglosen Erduldens gewichen.

Der Schmerz wiederholte sich täglich. Sobald Nick morgens mit dem Boot fortfuhr, klopfte die Einsamkeit wie ein unangenehmer Gast an die Tür, um gleich darauf unhörbar einzutreten.

Im Nu und mit lähmender Stille breitete sie sich im Inneren des kleinen Steinhauses aus, senkte ihren Schleier aus Schweigen über Tisch und Stühle, über Herd, Kommode und Schlafstatt. Krallte sich in jede Mauerritze, in jeden einzelnen Augenblick, in alle Bewegungen, in jeden Atemzug und in die kleinste Regung der glanzlosen Augen. Hilflos sah sie zu, wie die Einsamkeit ihren Hunger stillte, indem sie die Zeit verschluckte und den Tag bis zur Unerträglichkeit ausdehnte.

Längst hatte sie aufgehört, sich dagegen zu wehren. Anfangs war ihr manchmal die Flucht gelungen, an guten Tagen, die inzwischen immer seltener wurden, damals, als ihre Seele sich noch mit einer Flut aus Tränen zur Wehr setzen konnte.

Damals war das Meer ihr ein treuer Freund gewesen. Es hatte zu ihr gesprochen, Tag und Nacht, mit einer Stimme, die nach Liebe und Trost und Heimat klang.

Irgendwann aber wurden ihre Ohren taub und ihr Herz hart. Es war die Zeit, in der sie das Weinen verlernte.

Als sich die Dämmerung über die Bucht senkte, ging sie sie mit hölzernen Bewegungen ein paar Schritte zum Ufer, griff wahllos nach einem Kieselstein und ließ ihn in die Rocktasche gleiten. Dann schleppte sie sich zurück zum Haus. Mit mechanischen Handgriffen nahm sie die Kanne, ließ den kalt und bitter gewordenen Tee ins Spülbecken rinnen, wo er einen hässlichen braunen Film auf der Emaille hinterließ und stellte die beiden unbenutzten Teebecher zurück auf das Bord.

Dann ging sie zum Schuppen hinterm Haus.

Neben dem Stapel mit dem aufgeschichteten Brennholz sank sie auf die Knie. Sie nahm den Kieselstein aus der Tasche und warf ihn zu den anderen auf den Haufen. Das Zählen vergaß sie nie.

Es war der zweihunderteinundsechzigste Stein – einer für jeden Tag des Wartens; einer für jeden Tag, seit Nick nicht wieder zurückgekommen war.

Michaela Abresch
maske

eine zweifelhafte strategie
sich zu verbergen
hinter der maske
der belanglosigkeiten
zuverlässige tarnung
in einer welt
voller ignoranz und äußerlichkeiten
überlebt die täuschung
zerbricht das ich
unbemerkt
richtest du
dich selbst
auf dem schafott des selbstbetrugs

Michaela Abresch
empörung

so
wie man münzen aufeinander stapelt
zehn einzelne eurostücke
beispielsweise
oder zwanzig fünfziger
akkurat und akribisch
schichte ich türme
aus empörung
akkurat und akribisch
in verschiedenen höhen
je nach intensität

solange ich schweige
droht keine einsturzgefahr

Susanne Schmincke
drama der alltäglichkeit

lebendiger stress
beim nebeneinander
des alltags
im rausch
vergessene
vergangenheit des glücks

wütend
aber wortlos
klirrt die vase
mit ungewohnten tönen
auf die fliesen der küche
tulpenblätter tupfen
ironisches bunt
vor den herd

der dumpfe
schlussakkord der haustür
lässt fenster
und herzwand zittern

die zwiebeln
liegen paarweise
auf dem küchenbrett

Herwig Haupt
Vater sagt tschüss

Kinder sind still geworden
Sonne schon morgens müd
Tasche gepackt – gibt es Regen?
Schirm auf den Rücksitz legen
   – Rosen vorm Haus verblüht

Schreibkram ist ausgestanden
Lebensversicherung zahlt
Unordnung nur noch im Keller
konnte leider nicht schneller
   – Sonne für Papa gemalt

Was ich noch sagen wollte
Denken macht Reden schwer
haben uns immer verstanden
jetzt keine Sprüche landen
   – Strupps hat kein Wasser mehr

Kinder stehn da und winken
Kleine mit Pflaster am Knie
morgen dann unters Messer
hilft ja vielleicht viel besser
als Chemotherapie

Barko Bartkowski
Der Karton

Tommy strich verbissen den Jägerzaun, mit stinkendem Karbolineum. Das Zeug war eigentlich längst nicht mehr zugelassen, aber sein Vater hatte noch einen Vorrat davon. Er meinte, es sei das Einzige was wirkt. Er hatte den Jungen verboten, damit zu hantieren, weil es so giftig war, aber Tommy dachte in diesem Moment nicht darüber nach. Er gab sich die größte Mühe, überhaupt nicht zu denken.

Er hatte den Pinsel im Gras gefunden, da, wo sein Vater ihn hatte fallen lassen, und einfach weitergemacht. Jetzt hatte er die linke Seite des Zauns schon fertig gestrichen und beschäftigte sich mit dem Tor. Er biss sich auf die Zungenspitze, als er mit äußerster Vorsicht um die Angeln herummalte, ganz darauf konzentriert, mit dem Karbolineum nicht an den grünen Lack zu kommen.

Der Junge hustete von den scharfen Dämpfen. Trotzdem machte er weiter. Es war besser, etwas zu tun. Es war besser, hier draußen zu sein, als drinnen in der Stube zu sitzen. Dort konnte er gar nicht atmen.

Die Stille hatte ihm die Kehle zugedrückt. Schließlich hielt er es nicht mehr aus. Er wanderte ziellos um das Haus herum, bis er den langsam eintrocknenden Pinsel entdeckte.

Tommy atmete tief durch, sog die beißenden Dämpfe ein, bis er sich schwindelig fühlte. Unten auf der Straße näherte sich ein Auto. Der Junge hob den Kopf und lauschte, aber das Auto fuhr vorbei. Einen Moment lang starrte Tommy ins Leere, dann machte er sich hastig daran, sorgfältig um das Schloss herumzumalen.

Wieder ein Auto. Diesmal wurde es langsamer, bog auf den Waldweg ein, der zum Forsthaus führte. Tommy sprang auf und starrte dem Wagen entgegen. Er bog in die Einfahrt, hielt vor dem Schuppen, der als Garage diente.

Tommys Vater stieg aus dem Auto. Er schlug die Tür hinter sich zu. Tommy stand bewegungslos, starrte auf seinen Vater, versuchte, in seinem Gesicht zu lesen, aber der dichte Bart verbarg seine Miene.

Vater schloss den Wagen ab und ging in den Schuppen hinein. Er blickte nicht zu Tommy herüber. Tommy wollte rufen. Hundert Fragen lagen ihm auf der Zunge: Was ist mit Andy? Ist er im Krankenhaus? Wie geht es ihm? Wie lange muss er da bleiben? Aber er brachte keinen Laut hervor.

Jetzt kam Vater wieder zum Vorschein, mit einem großen Pappkarton in der Hand. Verständnislos beobachtete Tommy, wie er zielstrebig ins Haus ging. Was machte sein Vater da? Warum sagte er nichts?

Wie ein Schlafwandler folgte Tommy seinem Vater. Der schritt durch das Wohnzimmer. Achtlos trat er über das Gewehr hinweg, das immer noch mitten auf dem Teppich lag. Er ging in Andys Zimmer. Tommy folgte ihm. In der Tür blieb er stehen. Sein Vater stellte den Karton auf das Bett und öffnete ihn. Er nahm Andys Kleider aus dem Schrank und legte sie in den Karton. Warum nimmt er denn nicht den Koffer? dachte Tommy.

Es war ein großer Karton. Immer mehr von Andys Kleidern legte sein Vater hinein. Den ganzen Inhalt des Kleiderschranks. Dann begann er, mit ruhigen Bewegungen Andys Spielsachen von den Regalen zu nehmen und sie auch in den Karton zu werfen.

Zum ersten Mal hob sich sein Blick und traf Tommy.

Er brauchte nichts mehr zu sagen.

Herwig Haupt
Kurz bevor der Sensenmann...

Eine fremde Frau streichelt behutsam meine linke Hand. Sie könnte gern kräftiger zupacken. Wenn sie an Schläuche oder Kanülen stieße – mehr Schmerzen als ich habe, würde es kaum verursachen. Die Infusionen dämpfen das Ärgste. Vom rechten Arm scheint nicht mehr viel übrig zu sein. Und ob ich noch Beine habe, ist sehr fraglich. Die tun nicht einmal weh. Mein Gesicht ist so entstellt, dass ich nicht befürchte erkannt zu werden. Schneider, mein Pilot, hatte vielleicht etwas hellere Augen als ich. Mein einziges, das noch aus dem Verbandmull blinzelt, ist verschwollen. Keine Sorge, sie sieht nur, was sie sehen möchte: Ihren Mann, dessen verkohlten Leichnam meine Getrenntlebende wohl nach flüchtigem Hinschauen als schäbigen Überrest ihres Gatten identifiziert hat.

Zärtliche Worte bemühen sich, mich zu trösten. Singsang, gebrochenes Deutsch, vermischt mit Unverständlichem. Ich wusste nicht, dass Schneider mit einer Afrikanerin verheiratet war. Keine Schönheit. Füllig. Narbiges Gesicht. Lustige Sattelnase. Wogender Busen. Wärme. Ganz anders als Frauen, die ich kenne. Ich kenne nur Partyschlangen, Betthäschen und die Zicke, die ich heiraten musste...

Typen wie Schneider belächelt man in meinen Kreisen. Familie – Kinder, die zu Hause warten – trautes Heim ... – »Na, was macht denn Ihre Jüngste? Keuchhusten besser? Is' ja prima, haha. Aber jetzt starten Sie endlich ...« Ich dachte immer, solche Leute beneiden uns.

Nur Laute gebe ich von mir. Möchte wie ein gestreichelter Kater schnurren. In meiner Lage ist man dankbar und versiegelt seine Lippen. Wenn Schneider auf einmal schwäbelte statt zu sächseln, das fiele auf.

Mit den Ärzten hab ich ein paar Worte geredet, aber für die Polizei war ich stumm. Dort weiß man inzwischen von allen meinen Machenschaften. Steuern hinterzogen, Gläubiger geprellt, Politiker bestochen. Mein Besitz ist beschlagnahmt. Den Piloten wollten sie ausquetschen, ob er von geheimen Konten gehört habe. Hat er nicht. Er ahnte nicht einmal, dass mir die Halsabschneider auf den Fersen waren, die ich bei unseren Waffenschiebereien beschummelt hatte. Sie müssen Schneider etwas in den Frühstückstee gemischt haben, damit wir abstürzen. Aber als ihm schlecht wurde, konnte er noch eine Notlandung hinlegen, irgendwo zwischen Minsk und

Smolensk, wo die Erde flach ist und menschenleer. Ich übernahm den Steuerknüppel und startete wieder, wollte rasch nach Berlin kommen um mich von dort abzusetzen, fürs Erste nach Bern. Doch über der Oder setzte der Motor aus. Auf der Wiese waren dann ein paar Bäume und eine Stromleitung. Mir fehlt die Flugerfahrung.

Frau Schneider fragt mich, ob die Kinder auch kurz hereinkommen können. Ich nicke. Die Kleine ist süß. Ihr Wuschelkopf kitzelt meinen Hals. Hätte mir mal so eine Familie wünschen sollen. Man kriegt doch nur das, was man erstrebt, wenn überhaupt... Die Älteste ist ein nervöser Teenager, lächelt verlegen, schluchzt, schnieft, möchte ihren Papa umarmen, hält sich aber zurück. Kulleraugen zum Verlieben. Was hat sie mit ihrem Kraushaar gemacht? Will wohl eine glattgestriegelte Blondine sein...

Und da ist Oliver. Vermutlich erst fünfzehn Jahre alt, aber ernst, gerader Blick, schmale, aufrechte Gestalt. Er weiß, dass Abschied für immer angesagt ist, und schaut den Tatsachen mitten ins Gesicht. Ja, mit ihm muss ich reden. Unter vier Augen. Von Mann zu Mann.

He, Oliver, werde ich sagen, nimm's, wie's ist. Dein Vater ist tot. Ich auch bald. Sie haben uns verwechselt. Spätestens übermorgen fliegt der Schwindel auf. Vorher muss ich dir ein Geheimnis anvertrauen.

Verdammt, die Schmerzen werden wieder unerträglich. Ich stöhne und greife nach der braunen Jungenhand. Die schwarze Mutter versteht. Wunderbare Frau! Zieht die Mädchen zur Tür, lässt mich mit ihm allein.

»Wer sind Sie?«, fragt der Junge eiskalt. Bohrender Blick, aber nicht unfreundlich, eher neugierig. Ich nenne meinen Namen. Er weiß, dass ich der Chef seines Vaters bin.

»Hast du was zum Schreiben?« Er schaut sich um, kramt in der Blechschublade neben meinem Bett, steht bereit. »Die Nummern, die ich dir diktiere, musst du auswendig lernen und ganz für dich behalten, bis du erwachsen bist. Verstanden?« –»Ja, warum?« – »Und den Zettel verbrennen. Sechs Millionen Schweizer Franken warten auf dich. Das wissen nur wir beide. Und das muss so bleiben. Hörst du?« – »Wie viele Euro sind das?« – »Finde es raus.« Ich nenne ihm eine Bank-Adresse. »Lass dir so viel wie möglich über Finanzgeschäfte beibringen, aber mach nie bei krummen Sachen mit, sonst geht's dir wie mir.«

Ich diktiere ihm den Zahlencode. Ich schärfe ihm nochmals ein, wie wichtig es ist zu schweigen. Ich weiß, das überfordert ihn. Mein Leben lang hab ich meine Leute überfordert. Keiner kann aus seiner Haut, selbst wenn sie zum überwiegenden Teil verbrannt ist. Mir schafft es Erleichterung, zu wissen, dass der Rest meines schmutzigen Geldes nicht dorthin verschwindet, wo der Teufel immer auf den größten Haufen scheißt.

Darf man sich so kurz, bevor man ins Gras beißt, nicht noch eine kleine Genugtuung gönnen?

Ingrid Leibhammer
Hirte

Wie konntest du mir das antun? Das hätte ich nie für möglich gehalten, niemals. Ich hatte fest auf dich gebaut.

Ich bin zittrig. In der Nacht jage ich meine Gespenster, verscheuche die Bilder. Sobald ich einem nahe komme, ist es verflogen. Dafür kommen andere, die mich von einer Seite auf die andere werfen, mein Laken zerpflügt.

Ich hatte mit vielem gerechnet, damit nicht. So etwas wäre mir nie in den Sinn gekommen. Unfassbar.

Ich erinnere mich, wie ich mit ihr in der Adventszeit in die Dorfkirche ging. Der kleine Mohr in der Krippe ließ sie dort in die Händchen klatschen vor Freude, denn jedes Mal nickte er mit dem Kopf, wenn sie eine Münze in den Schlitz warf. Sie ging gerne mit mir dorthin, selbst als kleines Kind konnte sie zwei Gebete auswendig.

Als ich sie so daliegen sah, fiel ich. Dieser Anblick, unerträglich. Wie konntest du das zulassen?! Ich habe sie dir anvertraut. Du solltest ihr Schutz sein. Sie war doch erst acht. Kinder dürfen so etwas nicht erleben. Sie hat sicher nach mir gerufen. Und nach dir. »Mach, dass er endlich aufhört. Hilf mir.«

Warum hat sie das aushalten müssen? Gehst du so mit Kindern um? Der liebende Vater?

Ich habe sie nicht hören können. Hätte besser aufpassen müssen. Das Mittagessen wurde kalt. ›Wieso kommt sie denn nicht?‹, dachte ich. ›Sie soll nicht trödeln auf dem Weg, das habe ich ihr hundertmal gepredigt!‹

Aber sie konnte nichts dafür. All die Anrufe fanden sie nicht.

Warum hast du sie nicht beschützt? Sie einen anderen Weg gehen lassen? Ich hasse dich. Du hast sie ausgeliefert, einem Unmenschen. Hast deine Versprechen nicht gehalten. Schutzengel. Pah. Ein Teufel bist du.

Verdächtiges

Susanne Schmincke
Kekse

Die alte Frau stank. Das ganze Zimmer roch muffig. Man meinte, Urinschwaden über den Perserteppichen schweben zu sehen. Aber sicherlich wurde mehrmals die Woche gründlich gewischt, sagte sich Ina. Die hat bestimmt genug Kohle für 'ne gute Putze.

»Na, Oma, wie geht's dir heute?« fragte sie die Alte. Diese bewegte langsam den Kopf zu ihr.

»Ich will Kaffee! Vater ist zur Arbeit.« Die Sätze kamen langsam und leise aus dem faltigen Mund.

»Du hast sicher schon Kuchen gegessen. Der Kaffee ist alle, « bemerkte Ina mit einem Blick auf den Tisch und setzte sich der Frau gegenüber. »Hier, Oma, nimm noch einen Keks aus der Schale.«

Die alte Frau führte den Keks an die richtige Stelle und zerbrach ihn mit ihren Prothesenzähnen. Einige Krümel fielen auf ihren Frotteeumhang, dessen Weiß mit moderner Malerei aus Lebensmitteln verziert war.

»Bist du die Anne? Anne hat so schönes blondes Haar.«

Ina nickte und hielt ihr die Keksdose hin. »Komm Oma, die Kekse sind lecker! Soll ich dir Saft holen? Oder Tee?«

Die Küche war bestimmt hinter der Tür neben dem Wohnzimmereingang. Ina stand auf. Sie musste sich beeilen, hatte schon ein paar unruhige Minuten vor dem Eingang warten müssen, bis die Alte die Haustür öffnete.

Sie guckte schnell in die Schubladen. Nur das Übliche, Geschirr, Besteck, Krimskrams. Im Oberschrank eine alte Porzellandose. Aha, dachte sich Ina. Der ist auch nichts Neues eingefallen. Sie steckte den Schlüssel in die Hosentasche, schnappte sich den Tee und brachte ihn der Alten. »So, jetzt trink mal schön den Tee. Ich geh grad aufs Klo.«

Ina huschte unbemerkt ins Schlafzimmer, denn im Wohnzimmer hatte ihr geübtes Auge kein Möbelstück mit Schloss sehen können. Wie sie vermutet hatte, passte der Schlüssel in eine Kommodenschublade. Papiere, Sparbücher, Urkunden. Eine Brieftasche mit Scheinen! Na also! Sie stopfte sich einiges unter ihr T-Shirt und in die Jackentasche. Jetzt hieß es unauffällig verschwinden!

Als sie zurückkam ins Wohnzimmer, war der Stuhl der Alten leer! Verflixt, wo konnte sie denn hin sein! In der Küche? Nein, da war sie nicht. Als Ina ins Bad schaute, blieb fast ihr Herz stehen! Die alte Frau lag vor der Toilette, hielt sich die Hand an den Hals und röchelte. Ina brach der Schweiß aus. Damit wollte sie nichts zu tun haben!

»Warte, ich hole den Arzt. Einen Moment nur...ganz ruhig!« Sie lagerte die Frau auf der Seite, Handtuch unter dem Kopf. Dann rannte sie ins Schlafzimmer und legte ihre Beute zurück. Schnell noch den Schlüssel in die Dose im Küchenschrank, keine Fingerabdrücke hinterlassen, ermahnte sie sich und verschwand aus dem Haus. Die Haustür ließ sie einen Spalt weit offen.

Mit ihrem Zweithandy wählte sie die Notarztnummer, meldete mit tiefer Stimme die Adresse. Die Telefonkarte würde sie in den Müll schmeißen müssen. Aber einen 100-Euro-Schein hatte sie schließlich als »Aufwandsentschädigung« behalten.

Ihre eigene Großmutter fiel ihr ein; sie dachte an deren letzten Monate im Altenheim.

Morgen werde ich Oma Blumen zum Friedhof bringen.

Ingrid Leibhammer
Die Ohrringe

Sie hastete vom Wohnzimmer in die Küche, ins Schlafzimmer, ins Bad. Ein blasses Gesicht blickte sie aus dem Spiegel an. Ihre modisch gestylte Frisur bildete heute einen starken Kontrast zu ihrem aufgelösten Gesicht. »Verdammt, was soll ich nur tun? Ich halt's nicht mehr aus« Wieder zurück ins Wohnzimmer, das gerade erst von einer Innenarchitektin renoviert worden war. Sie griff zum Telefon. Auf der anderen Seite nahm niemand ab. Sie nahm ihren unruhigen Rundgang wieder auf. Wie der Tiger hinter den Gitterstäben. Sie warf einen Blick aus der Terrassentür auf den großzügig angelegten Vorgarten, zwischen den rotbraunen Farbklecksen schimmerte die Straße. »Eigentlich sollte ich nicht alleine... Ja, doch, verflixt, vielleicht doch nicht, ach egal, ich gehe.«

Von der Villa war es nicht weit in die Fußgängerzone mit all den verlockenden Schaufenstern, der festlichen Beleuchtung. Ein kleiner Bummel in der Dämmerung würde ihr gut tun. Sie hatte ihre Freude daran, durch die Geschäfte zu schlendern. Hier was Vertrautes, dort was Neues, überall gab es zu tasten, zu prüfen, zu vergleichen.

Sie konnte sich nicht satt sehen an all den Dingen, die angeboten wurden. Diese neue Farbe in der Lippenstift-Kollektion. Oder dieser Kaschmirpullover in der ersten Etage. Er sah so schmeichelnd weich aus. Ob sie ihn anprobieren sollte? Lieber nicht. Zu heikel. Sie musste vorsichtig sein. So viele Dinge lockten sie.

Ihr wurde heiß, sie strich um die Parfümerieabteilung, dann an den Schmuckvitrinen vorbei. Ein Ständer mit Modeschmuck fing ihren Blick ein. »Die, die sind auffallend schön. Solche hab' ich noch nie gehabt.« Sie zwang sich weiterzugehen. Streifte durch die Schuhabteilung. Dann die duftigen Dessous. Auch hier die aktuellen Herbstfarben. Schließlich stand sie wieder vor dem Schmuckständer. Der zog sie magisch an. «Wirklich, diese Ohrringe in diesem funkelnden Dunkelrot. Wie Lichtfunken in tiefrotem Wein.« Sie streckte die Hand danach aus, zögerte. Wie magnetisiert bewegte sich ihre Hand. Ein prüfender Blick über die Schulter. Sie konnte nicht widerstehen, obwohl sie wusste, was folgen würde. »Die musst du haben.« Ihr Herz raste. »Die kannst du nicht liegen lassen. Nimm. Schnell.«

Sie fühlte das Kästchen mit den Ohrringen in ihrer Manteltasche. Ein ängstlicher Blick zum wachsamen Auge an der Decke.

Sie war doch nicht etwa rot angelaufen? Hoffentlich sah man ihr nicht an, dass sie völlig durchgeschwitzt war.

Geschafft, sie war jetzt ganz ruhig. Wieder einmal. Erleichterung. Sie wusste, dass nicht richtig war, was sie tat. Trotzdem fühlte sie sich jetzt ganz entspannt und zufrieden mit sich selbst. Nun konnte sie in Ruhe nach Hause gehen. Die Ohrringe würde sie nie tragen. Modeschmuck! Ihr Mann legte Wert auf echte Stücke.

Heute hatte sie Glück gehabt, war ihr erster Gedanke, als sie wieder auf der Straße stand.

Es war nicht das erste Mal, dass sie die Kontrolle verloren hatte. In drei Kaufhäusern hatte sie Hausverbot.

Barko Bartkowski
Marinas Rache

Das Zimmer war klein, verlottert, schmutzig. Es passte zu dem Mann, der auf dem ausgeleierten Sofa saß und mit weit aufgerissenen Augen zur Tür starrte.

Marina wirkte in dieser Umgebung wie eine Erscheinung: Von den polierten Lackstiefeletten über das graue Designerkostüm bis zu ihrer perfekt modischen Kurzhaarfrisur war sie ganz die erfolgreiche Geschäftsfrau. Ihr schönes Gesicht blieb unbewegt, als sie ihren Ex-Ehemann musterte, der sich langsam von seiner Überraschung erholte.

»Du!? Du Schlange! Du wagst es noch, hier aufzukreuzen!?« Benno machte Anstalten, sich auf sie zu stürzen.

Marina wich nicht zurück, sondern trat zur Seite und gab den Blick auf einen Mann frei, dessen breite Gestalt nicht recht in seinen dunklen Anzug passen wollte. Hinter ihm schob ein weiterer Mann seine Massen mühsam durch den Türrahmen.

Benno ließ sich kraftlos zurückfallen. Sein Gesicht wurde käsig. Kassim war sein Bodyguard und Chauffeur gewesen – bis er ihn ins Gesicht geschlagen und gefeuert hatte, weil er Marina zuerst die Wagentür aufhielt.

»Was habt ihr mit mir vor?«, krächzte er. Er erhielt keine Antwort. Seine Augen flackerten wild von einem Gesicht zum anderen: von Kassims öligem Grinsen zu dem Fleischberg, dessen Gesicht einen seltsam kindlichen Ausdruck unverhohlener Vorfreude zeigte, und zurück zu Marina. Ihre Züge blieben maskenhaft starr.

Benno erkannte, dass er keine Gnade zu erwarten hatte. Panik ergriff ihn. »Was hab ich dir denn getan?!«, brüllte er mit sich überschlagender Stimme.

In Marinas Gesicht regte sich kein Muskel.

»Denk mal zurück. An die Weihnachtsfeier vor sechs Jahren. Wo wir uns... kennen gelernt haben.«

Sie wandte sich um.

»Schneidet ihm die Eier ab«, sagte sie im Hinausgehen.

Zwei Jahre zuvor:

»Ich sehe nur noch eine Möglichkeit, wie Sie mit halbwegs heiler Haut aus der Sache herauskommen, Herr Schulze«, sagte der Anwalt. »Wenn Sie die Firma ihrer Frau übertragen, und Sie nur noch als Geschäftsführer auftreten...«

»Was? Meine Frau hat doch keine Ahnung von den Geschäften!«
»Das braucht sie auch gar nicht. Das ist doch nur pro forma. Sie würden die Firma weiterhin leiten, aber nur als angestellter Geschäftsführer. Sie wären nicht mehr persönlich haftbar.«
»Ach so! Aber... würde das denn jetzt noch was nützen? Diese Schnüffler haben doch schon überall ihre Finger drin!«
»Man müsste die Sache natürlich, nun, zurückdatieren. Machen Sie sich keine Sorgen, ich hab' da meine Connections... Das kann man schon deichseln. Nur, Ihre Frau müsste natürlich mitziehen. Können Sie sich auf sie verlassen?«
»Das ist kein Problem!« Bennos Erleichterung war unübersehbar. »Marina tut, was ich sage. Die würde nicht wagen, aufzumucken.« Er erlaubte sich ein kleines Lächeln, als er zurückdachte...

Zwei Monate zuvor:
»Aber Benno... es wäre doch nur für ein paar Stunden in der Woche. Nur, bis ich meinen Abschluss habe...« Marina schien förmlich zu schrumpfen unter seinem Blick. Ihre Hände krampften sich ineinander.
»Was bildest du dir eigentlich ein!«, brüllte Benno. »Ich bin dir wohl nicht mehr gut genug, was?! Nicht gebildet genug für die feine Dame!«
»Nein, Benno, nein, das hat doch nichts mit dir zu tun...«, versuchte sie zu beschwichtigen, aber er war jetzt in Fahrt gekommen:
»Das wär ja noch schöner! Du bist meine Frau, verstanden! Du gehörst mir! Ich hab dir schließlich alles gegeben, das Haus, den Wagen, deine Kleider... alles verdankst du mir!«
»Ja, Benno, ja, ich bin dir ja auch so dankbar... Es tut mir leid, wirklich, ich wollte dich doch nicht kränken...«
»So, leid tut es dir? Dann zeig mir das, verdammt noch mal! Auf die Knie mit dir!«
»Benno, nein...«
Er versetzte ihr eine Ohrfeige. »Wird's bald, du Schlampe?!« Er zog seinen Reißverschluss auf. »Los, zeig mir, wie sehr es dir leid tut, sonst setzt es was!«

Zwei Jahre zuvor:
»Benno! Meinst du das im Ernst? Benno, ich bin ja so glücklich!« Marina hatte tatsächlich Tränen in den Augen.

60

»Ach was! Bilde dir nur nichts ein! Es ist nur wegen der Steuer...«, knurrte er unwirsch. »Na ja, und wenn ich schon heirate... Du bist einfach die beste Wahl. Mit deinem Hintergrund, ich meine deine Herkunft, die Uni und so... Mit dir kann man was hermachen. Repräsentieren, verstehst du?«

»Natürlich, Benno. Es ist mir auch ganz egal, warum... Wenn ich nur mit dir zusammen sein kann.« Sie lächelte und schmiegte sich an ihn.

»Du bist ein dummes Luder...«, meinte er versöhnlich und klatschte ihr die fleischige Hand auf den Hintern. »Aber scharf! Wenn ich denke, dass ich dich beinah weggeschickt hätte...«

Zwei Jahre zuvor:

Zwischen den Feiertagen waren nur wenige Mitarbeiter im Büro. Das Vorzimmer war leer. Marina holte noch einmal tief Atem und drückte entschlossen die Klinke nieder.

Benno sah überrascht von seinen Papieren auf.

»Was? Sie? Was wollen Sie denn noch?«, schnauzte er.

Marina war an der Tür stehen geblieben. Sie stand da mit gesenktem Kopf, die Hände vor dem Körper gefaltet. Scheu hob sie den Blick.

»Ich... ich habe meine Kündigung bekommen...«

»Na und? Das hat ja wohl seine Richtigkeit! Sie waren ja noch in der Probezeit. Ich denke, Sie sind doch wohl nicht die Richtige für den Posten.«

»Ich... ich würde aber gern weiter für Sie arbeiten.« Marina senkte wieder den Blick. »Ich meine, für... für Sie persönlich...«, flüsterte sie fast unhörbar und errötete.

Benno nahm verblüfft die Zigarre aus dem Mund.

»Na, da brat mir einer'n Storch! Schau mal an, die kleine Nutte hat die Sache genossen... Na schön, vielleicht... Warum eigentlich nicht? Die Franke liegt mir doch sowieso dauernd in den Ohren, dass sie zu viel Arbeit hat... Warum soll ich mir eigentlich keine zweite Sekretärin leisten? Komm doch mal her, Mädchen, ich will doch mal feststellen, ob mir dein Arsch immer noch so gut gefällt wie neulich...«

Zwei Wochen zuvor:

In der dunklen Tiefgarage saß Marina in ihrem Polo und machte sich ganz klein, wenn Kollegen, die die Feier verließen, nah an ihrem Wagen vorbeikamen. Ihre Gedanken rasten. Was sollte sie tun? Ihn anzeigen? Es gab keine Zeugen. Wem würde man glauben: der kleinen Aushilfskraft oder dem Firmenchef? Er konnte einfach behaupten, sie habe ihn provoziert... Sie habe alles erfunden, sie wolle ihn nur erpressen... Seine Anwälte würden sie in der Luft zerreißen... Aber er durfte doch nicht einfach so davonkommen!

Stunde um Stunde saß sie im Dunkeln und grübelte. Dann sah sie ihn. Nicht mehr ganz sicheren Schrittes näherte er sich dem silbernen Mercedes in der reservierten Box, den Arm um eine zierliche Blondine gelegt, die unterwürfig zu ihm aufsah. Marina hatte sie schon in der Firma gesehen, angeblich war sie Assistentin der Geschäftsleitung.

Das waren wohl die feinen Unterschiede, dachte sie bitter: Die kleine Aushilfe zerrte er aufs Bürosofa, diese Frau nahm er mit nach Hause... Wahrscheinlich würde sie sogar die Feiertage mit ihm verbringen.

Plötzlich wusste Marina, was sie tun würde.

Susanne Schmincke
Vor dem Spiegel

»Guten Tag! Sie sind also Frau Müller. Ich bin die Nina und werde mich um Sie und Ihre Haare kümmern!« sagte Nina freundlich lächelnd zur Kundin, welche in dem angebotenen Sessel Platz genommen hatte. Diese war vollständig schwarz gekleidet, nur unter dem ausgeschnittenen Pullover blitzte ein rot-weißes Halstuch hervor. Etwas unruhig blickte sie sich im Raum um.

»Ich bin zum ersten Mal hier und...« setzte sie zögernd an und drückte ihre große Umhängetasche an sich.

»Darüber freuen wir uns! Darf ich Sie zunächst bitten, ein paar Fragen für unsere Kundenkartei zu beantworten?«

»Wenn es sein muss. Macht das jeder hier?« »Aber ja, dann weiß man das nächste Mal genau Bescheid. Also, ich brauche dann die Adresse und ... verraten Sie mir Ihr Geburtsdatum? Ach ja, und den Vornamen, Sie verstehen, bei Müller.«

»Äh...Andrea Müller, Trierer Str. 102, Geburtstag am 14.5. 1967.« Ihr Blick fiel in den Spiegel, wo sie die Eingangstür und ein Fenster zur Straßenseite gut beobachteten konnte. »Sagen Sie, die Tür dahinten, ist das eine Toilette?«

»Ja, neben unserem Sozialraum. Möchten Sie sie benutzen, bevor wir anfangen?« Nina war sehr geduldig, aber doch froh, als die Kundin ablehnte und es endlich um die Haare ging.

»Sie haben momentan keine Coloration in Ihren Haaren?« Nina griff mit beiden Händen in die halblangen Haare ihrer Kundin. Diese blickte sich selbstbewusst im großen Spiegel an: »Nein, aber ich will sowohl den Schnitt als auch die Farbe geändert haben. Eine richtige Typ-Änderung, wenn Sie verstehen, was ich meine. Denken Sie, Locken würden mich sehr verändern?«

»Haben Sie schon mal in die Frisurenbücher geguckt? Da findet man oft gute Anregungen. Aber mit einem guten Schnitt und der leichten Naturkrause machen wir wirklich einen völlig neuen Menschen aus Ihnen.«

»Eine Dauerwelle würde mir jetzt sowieso zu lange dauern. Ich dachte an ein mittleres Rot, so kupferfarben! Und mindestens um die Hälfte kürzer!« Entschieden krallte Andrea ihre Finger in die Tasche auf dem Schoß unter dem schwarzen Frisierumhang und fühlte durch das Leder hindurch den harten Stahl der Pistole.

Nina lies sich – ganz professionell – ihr leichtes Erschrecken nicht anmerken. Was für ein Jammer, Haare mit so einer schönen, blonden Grundfarbe dunkelrot zu färben! Manche Leute flippen einfach aus. Kein Wunder, dass sie so nervös hin und her rutscht, wenn sie eine derart gravierende Veränderung möchte.»Für Blond könnten Sie sich nicht begeistern? Ich könnte Ihnen Strähnen 'rein machen, richtige Lichtreflexe!« versuchte sie sie zu überreden.

»Das hatte ich jahrelang. Ich brauche jetzt etwas anderes.« Nachdem sie sich über den Schnitt der Haare geeinigt hatten, delegierte Nina den nächsten Arbeitsschritt an ihre Kollegin, die Frau Müllers Haare waschen sollte. »Möchten Sie nicht ihre Tasche auf den Boden stellen?« fragte diese freundlich. Andrea ließ sofort die Trageschlaufe locker, doch im nächsten Moment besann sie sich, zog sie wieder hoch, und schüttelte ernst den Kopf.

»Sind Sie neu hier in der Stadt?« bemühte sich anschließend Nina beim Schneiden um ein Gespräch.

»Ja, kann man so sagen« erwiderte sie ziemlich einsilbig. » Und gefällt es Ihnen hier? Haben Sie Familie?

»Ich hatte. Ist ganz schön hier. Und wie ist es mit Ihnen? Arbeiten Sie schon lange in diesem Salon?« Die beste Taktik gegen Neugier war selber Fragen stellen! Nina konnte schneiden, dass die Haarenden weit wegflogen und beantwortete bereitwillig die Fragen der neuen Kundin.

»Elf Jahre sind es jetzt. Wegen meiner Tochter hatte ich ein Jahr Pause gemacht. Haben Sie Kinder?«

»Ich hatte eins. Wie alt ist denn ihre Tochter?«

»Sie ist fünf. Kommt nächsten Sommer in die Schule. Jetzt habe ich einen guten Platz in der Kindertagesstätte. Hier vorn machen wir es etwas kürzer, ja?«

»Sieht schon ganz gut aus. Nicht mehr wieder zu erkennen!« Nina versprühte Begeisterung! Und das ist ja auch der Sinn der Sache, dachte Andrea. Sie sah auf ihre Armbanduhr. Hoffentlich geht keiner an mein Auto. »Warten Sie erst mal ab, bis sie trocken sind. Da können Sie heute Abend chic ausgehen!« Ausgehen! Ich werde mich ausruhen, das Geld noch mal nachzählen und mich für morgen auf das Vorstellungsgespräch vorbereiten. Das viele schöne Geld! Zunächst werde ich das Auto abbezahlen. Danach die Wohnzimmermöbel. Und wenn es klappt mit der Arbeit, fliege ich in meinem ersten Urlaub zum Tauchen nach Ägypten!

Während Nina fönte, hielt ein Polizeiauto vor der Tür. Andrea Müller hielt unwillkürlich den Atem an. Sie versuchte, so gelassen wie möglich zu sein, während sie im Spiegel beobachtete, wie einer der Polizisten den Frisörsalon betrat. Schweißperlen standen ihr auf der Stirn und ihr Herz klopfte deutlich schneller. Ganz friedlich bleiben, sprach sie zu sich selber. Und ja nicht hinsehen. Der wird mich schon nicht suchen. Ihr Kopf wurde von der Bürste beim Fönen hin und her bewegt, aber sie konnte gut erkennen, dass der Polizist ohne sich umzusehen an die Rezeption ging. Wahrscheinlich holt er sich nur einen Termin zum Haare schneiden, versuchte sie sich zu beruhigen.

»Geht es Ihnen nicht gut? Ist der Fön zu heiß? Möchten Sie vielleicht ein Glas Wasser?« Nina merkte, wie blass die Frau geworden war. Auf einen Wink brachte die Auszubildende das Wasser, welches Andrea auf einen Zug austrank. » Entschuldigen Sie, ich hatte kein Mittagessen. Aber ist schon alles o. k. Danke.« Sie atmete noch einmal tief durch. »Gefällt Ihnen die neue Frisur? Sieht richtig flott aus.« Nina wunderte sich selbst über die positive Veränderung der Kundin. Hat sie gar nicht verdient, wo sie so muffelig ist, dachte sie.

Nachdem Frau Müller bezahlt hatte – um nicht aufzufallen gab sie ein angemessenes Trinkgeld – ging Nina in den Sozialraum, da sie jetzt eine Stunde Pause hatte, bevor die lange Nachmittagsschicht anfing.

Sie zündete sich eine Zigarette an, legte die Beine hoch und schaltete den Fernseher ein. Als sie gerade wegen der langweiligen Nachrichten des Lokalsenders umschalten wollte, fesselte ein Bild ihre Aufmerksamkeit. »Die Kriminalpolizei bittet die Bevölkerung um Mithilfe. Gegen 11.30 Uhr wurde die Zweigstelle der Sparkasse Koblenz in der Langen Straße von einer bewaffneten Frau überfallen. Die gesuchte Person ist dreißig bis vierzig Jahre alt, circa einen Meter siebzig groß, schlank, hat schulterlanges blondes Haar. Um äußerste Vorsicht wird gebeten, weil sie bereit ist zu schießen. Personen kamen bei dem Überfall nicht zu Schaden. Die geraubte Summe beträgt etwa 10.000 €.«

Die etwas unscharfe Aufnahme der Überwachungskamera zeigte ihre Kundin von eben, nur das eine große Sonnenbrille die Augen verdeckte. Das muss sie sein, dachte Nina und rief ihre Kolleginnen hinzu. Auch diese bestätigten die große Ähnlichkeit, daher beschlossen sie, die Polizei anzurufen.

In der Trierer Straße 102 befand sich ein Mehrfamilienhaus, doch der Name Müller stand auf keinem der zahlreichen Klingelschilder.

Die Polizei war gerade dabei, den Vermieter ausfindig zu machen, als Andrea mit ihrem Auto in den Hof einbog. Nach der guten Beschreibung der Frisörin erkannten die Polizisten Andrea sofort. Sie umstellten den Wagen und zwangen sie unter vorgehaltenen Pistolen, das Fahrzeug zu verlassen. »Was wollen Sie von mir? Hat mein Mann Sie geschickt? Ich habe nichts getan!« Andreas Stimme wurde ganz schrill vor Aufregung. »Immer mit der Ruhe, junge Frau. Wir müssen mal in ihre Handtasche und in den Kofferraum sehen. Heute früh ist eine Bank überfallen worden, da müssen wir alle Verdächtigen kontrollieren.« Als sie die Waffe fanden, musste Andrea direkt mit auf die Dienststelle.

Eine kurze Untersuchung ergab, dass aus der ungeladenen Pistole seit langem nicht mehr geschossen wurde und sie auf den Namen von Werner Müller, wohnhaft in Berlin, Besitzer eines Nachtclubs, eingetragen war. »Die Waffe müssen Sie uns überlassen, Frau Müller. Mit dem unerlaubten Führen einer Waffe haben Sie sich strafbar gemacht. Im Übrigen: Sie haben aber reichlich Geld dabei!« sagte der Inspektor. »Nicht dass ich Ihnen etwas unterstelle, aber einfach so 4000 € in der Tasche mitzunehmen ist schon etwas, na sagen wir, ungewöhnlich.« »Wissen Sie, ich habe heute früh das neue Auto gekauft, mich aber dann doch für eine Ratenzahlung entschieden. Daher ist das Geld, was von meinem Mann stammt, übrig geblieben.« Gut, dass sie nicht wissen, dass ich noch etwa 15000 € in der Wohnung habe. Das ganze Geld aus dem Safe und die Bareinnahmen aus dem Club. Dieser Mistkerl hat ordentlich, wenn auch nicht freiwillig, dafür bezahlt, was er mir alles angetan hat! Das Drama mit der kleinen Lena, eine Hand voll Kind, die Fehlgeburten, dutzende Blutergüsse, zweimal angeknackste Rippen, ich muss nur aufpassen, dass er mich nie, nie findet. Aber da er sich bestimmt ausreichend mit anderen Frauen amüsiert, existiert wohl auch keine Vermisstenmeldung oder Anzeige.

»Können Sie uns angeben, wo Sie heute Morgen zwischen 11 und 11.30 Uhr waren?« Es dauerte nur einen kurzen Anruf lang, während Zeugen bestätigten, dass Frau Müller diese Zeit an der Anmeldestelle für ihr neues Auto verbracht hatte.

Herwig Haupt
Papa heißt jetzt Rudi

Inzwischen vermisse ich den Güterbahnhof und die Schlacht-
hofstraße nicht mehr so sehr. Hier ist es auch schön, obwohl wir
ganz weit weg vom nächsten Dorf wohnen.

Anfangs war ich mit Mama allein und hab mich gelangweilt. Wir
zogen her, als Papa nach Holland musste. Zweimal haben wir ihn
besucht. Da ging es immer durch ein Tor, vor dem ein Posten stand,
und viele Türen wurden auf- und zugeschlossen. Sie haben Mamas
Handtasche aufbewahrt und ich musste die Hosentaschen um-
drehen.

Das Häuschen hier hinterm Wald gehörte früher meinem Opa.
Ich bin aber ein Großstadtkind. Als ich gerade weglaufen wollte,
zurück in die Stadt, kam Rudi zu uns. Mit einer traurigen Nach-
richt. Sie hatten ihn in Holland entlassen, weil sie ihn dort nicht
mehr brauchten, und Papa wollte auch da weg, aber sie brauchten
ihn noch. Da kletterte er über eine Mauer mit Stacheldraht und
Glasscherben. Dabei hat er sich wehgetan und ist gestorben. Wenn
ich mich am Stacheldraht verletze, kommt Jod drauf, dann sterb
ich nicht. Wir haben geglaubt, was Rudi erzählte.

Dann wurde ich zu groß, um noch auf dem Sofa neben Mamas
Bett zu schlafen, und bekam ein eigenes Zimmer auf dem Dach-
boden. Rudi war viel größer, aber er durfte aufs Sofa. Wenn ich am
Geländer entlang kletterte, knarrte die Treppe nicht. Da konnte ich
mich an die Tür schleichen und hören, wie Rudi sagte, sie soll ihm
die Schlüssel geben und den Weg beschreiben, wo das Geld liegt,
dann kriegt sie die Hälfte ab. Sie wollte aber nicht die Hälfte, sondern dass er bei ihr bleibt.

Rudi zeigte mir, wo es Pilze im Wald gab und welche man essen
konnte. Wir beobachteten Rehe und Hasen, entdeckten Vogelnester.
Es gab auch einen Bach mit Forellen, aber er konnte keine er-
wischen. So vergaß ich die Spielplätze am Güterbahnhof und war
ganz zufrieden. Im Dorf schenkte mir die Bäuerin, bei der ich die
Milch holte, einen jungen Kater. Der war ganz schwarz und ich
nannte ihn Teufele.

Doch auf einmal war Papa nicht mehr tot und stand draußen
am Fenster. Er sah aus wie eine Vogelscheuche, trotzdem hab ich
ihn sofort erkannt. Mama auch. Sie sah Rudi ganz erschrocken an
und begann ihn auszuschimpfen. Ich wollte die Tür aufmachen. Da
sagte Rudi zu mir: Komm, ich zeig dir was, und zog mich nach oben
in mein Zimmer. Er zeigte mir sein langes, spitzes Messer und hielt

es an meinen Hals. Nur aus Spaß, sagte er. Dann rief er nach unten: »Dem Kleinen passiert nichts, wenn ihr mich gehen lasst.«

Er schob mich auf die Treppe und hielt mich im Genick so fest, dass es richtig wehtat. Unten stand Mama und hatte den Kater auf dem Arm. Als wir nur noch zwei Stufen vor uns hatten, schleuderte sie das Teufele über meinen Kopf hinweg dem Rudi mitten ins Gesicht. Katzen krallen sich immer fest, wenn man sie fallen lässt. Rudi ließ mich los. Dann klatschte es schrecklich laut hinter mir und Mama zerrte mich zur Tür hinaus. Ich riss mich los und konnte Papa noch sehen, wie er etwas in den Keller trug. Dann schrie Mama: »Komm jetzt!« und hätte mir fast eine gescheuert.

Danach wollte sie, dass ich sie zum Bach führte. Sie fragte, wo es die meisten Forellen gäbe. Aber sie trampelte so fest auf den Boden, dass wir keine zu sehen bekamen. Ich glaube, sie hatte auch gar keine Lust, nach ihnen zu schauen. Sie redete dauernd Zeug, das ich nicht verstand, und hörte meine Fragen nicht. Schließlich kehrten wir um. Sie schickte mich zu der Wiese, wo Margeriten wuchsen, und meinte, sie würde sich über einen Strauß freuen. Dann ging sie zurück ins Haus.

Ich fand keine Blumen, weil die Wiese gemäht war. Als ich heimkam, fragte auch keiner danach. Papa hatte Rudis Hose an und rasierte sich mit Rudis Apparat. Mama heulte und redete auf ihn ein, bis sie mich sah. Dann hob Papa mich hoch und drückte mich ganz fest an sich. In der Nacht durfte Papa auf das Sofa. Ich hörte beide lange miteinander streiten, blieb aber oben in meinem Zimmer, weil ich müde war, und konnte nicht verstehen, was sie sagten.

Rudi sei wieder in Holland, hieß es dann. Man dürfe nicht mehr über ihn sprechen. Der Keller blieb lange abgeschlossen. Mir sagte man, am Kamin müsse gemauert werden, weil er undicht sei. Da könnten mir Ziegelsteine auf den Kopf fallen. Danach war der Kamin unten viel breiter als oben und die Rußklappe höher.

Papa war anfangs mürrisch und verbot mir, ins Dorf zu gehen. Allmählich vertrug er sich dann immer besser mit Mama. So nett wie zu ihm war sie nie zu Rudi gewesen. Ich mag ihn auch lieber als Rudi, denn er sagt immer, ich sei sein Kumpel, und er bringt mir jetzt das Schwimmen und das Radfahren bei. Ich darf auch auf seinen Schultern reiten und er hilft mir bei meinem Baumhaus.

Gestern lag eine grüne Plastikkarte auf dem Tisch. Mit einem Bild von Rudi darauf. Mama sagte, wenn er sich genau so einen Bart wachsen ließe und die Haare dunkler färbte, bräuchte er nur noch die Narbe an der linken Hand. Die dicke Nase stimmte schon, bloß seine Augen wären viel schöner. Aber man könnte ja mit einer neuen Fotografie zur Gemeindeverwaltung gehen, wenn der Ausweis in der Waschmaschine war.

Heute trägt Papa einen Verband. Vorhin meinte er, wenn wir ins Dorf gehen, könnte ich doch Rudi zu ihm sagen.

Ingrid Leibhammer
Alltäglich

I
Wiesbacher Zeitung vom 10. April 2005:
Mutter tötet ihre fünf Kinder

Die Polizei fand die Kinder im Alter von drei bis neun Jahren in einem Einfamilienhaus im 1000-Seelen-Dorf Riedhahn. Die 29 Jahre alte Mutter steht in dringendem Verdacht, ihre Kinder getötet zu haben. Die Mutter habe nach der Tat der Polizei selbst Hinweise gegeben. »Zum genauen Tathergang können zunächst keine Angaben gemacht werden«, sagte die Sprecherin der Polizei. »Wir wollen die Obduktion am Montag abwarten«, gab Oberstaatsanwalt Pfeifer bekannt. Die Mutter habe sich selbst gestellt und sei nicht vernehmungsfähig.

II
»Da kommt die junge Frau vom Eckhaus, Lisbeth. Die ist immer im Stress. Du kennst die doch auch vom Sehen.« Als sie näher kommt, spricht Karin sie an:
»Na, wie geht's? Habt ihr die Ostereier schon versteckt? Dieses Jahr kann der Osterhase sie für eure Kinder wohl nicht im Garten verteilen, bei dem Wetter. Das ist die Lisbeth, meine Cousine, ist zum Kaffeetrinken gekommen, wir haben grad Teilchen geholt.«
»Hallo, wie geht's? Sag ›Guten Tag‹, Michael. Die Karin kennst du doch. Nee, machst du nicht? Er fremdelt ein bisschen. Wir müssen weiter, ich muss noch schnell was kochen. Um halb zwei kommen die drei andern aus der Schule. Tschüss, bis die Tage mal.«
»Tja, Lisbeth, die Frau Härtling... Die grüßt immer freundlich, wenn sie hier vorbeikommt. Die hat's nicht leicht mit den fünf Kleinen. Sie bringt sie sonntags mit in die Messe. Zwei der Jungs sind behindert. Der eine – du hast ihn ja gesehen – ist so komisch. Alles dran und so, eigentlich ganz hübsch. Aber der guckt keinem ins Gesicht und redet mit niemandem, noch nicht mal ›Guten Tag‹. Wenn man ihn freundlich anspricht und ihn anlächelt, verzieht der keine Miene. Und antwortet nie. Sobald man ihn nur antippt, rastet der aus. Der schreit viel, wenn ihm was nicht passt. Wenn das meiner wäre, ich glaube, mir würde öfter mal die Hand ausrutschen. Und der andere sitzt verkrümmt im Rollstuhl, irgendeine Lähmung. Der grinst immer, im Gegensatz zu dem Sturen.«

70

III

»Hallo, Ilse, wie geht's dir? Soll ich dir heute Nachmittag mal die Kinder abnehmen? Ich kann mit den dreien auf den Abenteuer-Spielplatz im Fockenbachtal spazieren. Dort haben sie Spaß, und können sich austoben.« –

»Ja, ich weiß, es ist wie Flöhe hüten. Ich pass' schon auf. Wenn wir weg sind, kannst du's mal etwas ruhiger angehen.« –

»Nee, du brauchst nichts mitgeben. Ich hab' ne Tüte Apfelsaft im Rucksack und ein paar Stullen. Das reicht. Bis gleich.«

IV

»Eine unserer Mitarbeiterinnen hat bei der Familie vor sechs Monaten einen Hausbesuch gemacht und alles in relativer Ordnung gefunden. Die Frau hatte bei uns vorgesprochen und um Hilfe bei der Versorgung ihrer fünf Kinder gebeten. Zwei von ihnen seien behindert und beanspruchen viel Pflege und Zuwendung. Sie sei mit ihrer Kraft am Ende. Die Kinder wurden gut versorgt und die Wohnung war in einigermaßen gepflegtem Zustand, wir sind Schlimmeres gewohnt. Der Frau wurde für ein Vierteljahr eine Hilfe genehmigt. Danach würde man je nach Bedarf weiter Hilfe anbieten. Eine Tagesstätte für ihre behinderten Söhne hat sie abgelehnt. Sie wolle sie nicht abschieben.«

V

»Ja, ich kenne Frau Härtling gut. Sie kam regelmäßig in die Messe und zur Beichte und hat zuweilen meinen Rat gesucht. Eine sehr gläubige Frau, die unseren Respekt verdient.

Sie hält sich streng an die kirchlichen Vorgaben, besonders in der Fastenzeit.

Im Gebet findet sie viel Trost. Sie glaubt fest an die Auferstehung, an ein Leben nach dem Tode. Sie bemüht sich sehr, ohne Sünde zu leben.«

VI

»Das ist mir völlig unbegreiflich. Wie kann eine Mutter so etwas tun? Mord! An den eigenen Kindern! Das muss ein Monster sein. Gemeingefährlich. Die muss man wegschließen. Damit sie nichts mehr anrichten kann, dieser Teufel in Menschengestalt.«

VII

»Mütter, die ihre Kinder töten, sind Menschen wie du und ich. Meistens sind es Kurzschluss-Reaktionen, verursacht durch schlechte Lebensbedingungen, Armut, Überbelastung. Die Frauen wissen nicht mehr, wie es weitergehen kann. Sehen keinen Ausweg.

In ihrer Verzweiflung und weil sie am Ende sind, greifen sie zu tödlichen Lösungen ihres Problems. Der Tod erscheint ihnen als Erlösung. Sie sehen keine anderen Alternativen.

Sie wollen ihre Kinder vor weiterem Leid bewahren. Die Tat ist verbunden mit dem eigenen Suizid. Allerdings brauchen die Mütter für die Tötung der Kinder so viel Energie, dass sie manchmal keine Kraft mehr finden, sich selbst zu töten. Ihr weiteres Leben ist die Hölle, da sie später die Tragweite ihres Tuns erfassen können. Sie haben ihre Kinder getötet, die sie sehr geliebt haben.«

VIII

»Sie wollte nicht verhüten. Drei Kinder vom ersten Mann, zwei mit mir. Es ist eine Sünde, zu verhüten, hat sie gesagt. Gott hat uns die Kinder geschenkt. Das ist ihre Überzeugung. Ich konnte diesen Stress und Lärm mit den fünf Schreihälsen nicht mehr aushalten, deshalb bin ich ausgezogen, in die Einliegerwohnung. Ich habe ja auch noch einen Beruf, ich muss Geld verdienen für all die Mäuler. Ich stehe jeden Morgen um fünf auf und komme um sieben heim, dann ein Bier und ich schlafe vor dem Fernseher ein. Ich maloche den ganzen Tag auf der Baustelle. Sie kann zu Hause bleiben. Ich unterstütze sie, wo ich kann. Ich liebe meine Kleinen. Besessen, hat sie mal gesagt, hat viel Geld rausgeschmissen für Hokuspokus. Sie meint, sie könne Verbindung aufnehmen mit der Totenwelt. Sie müsse die Kinder retten vor dem Bösen. Die verkrampften Bewegungen, die Stimmen, das Grinsen im Gesicht. Sie müsse ihn vertreiben. Ich werde den Namen dieser Frau nie wieder in den Mund nehmen. Diese Teufelin. Hat mich übers lange Wochenende zu Freunden in München geschickt, sollte mich mal erholen. Sie wollte mich aus dem Weg haben! Sie hat alles geplant. Sie hat meine Kinder umgebracht! Von wegen durchgedreht, ha! Mit voller Absicht hat sie es getan.«

IX

Liebes Tagebuch,

Ich kann nicht ausziehen. An mir bleibt alles hängen. Man kann sie doch nicht sich selbst überlassen. Die sind doch noch klein. Ich bin allein gelassen, keiner hilft mir. Alle wissen es besser, und alles, was ich mache, ist falsch. Eine Rabenmutter bin ich, sagt sie. Einen verlotterten Haushalt habe ich, hat Mutter gesagt. Selber schuld bin ich. Sie meint, ich hätte Tabletten geschluckt, deshalb seien die zwei nicht richtig. Jetzt soll ich sehen wie ich zu Recht komme, ich wollte es ja nicht anders.

Ich weiß mir keinen Rat mehr. Es wächst mir alles über den Kopf. Ich weiß nicht, was ich machen soll. Ich schaff das nicht. Lieber Gott, welche Gedanken mir durch den Kopf spuken. Ich erschrecke vor mir selbst. Aber ich muss meine Kinder schützen, sie vor dem Bösen bewahren. Diese Grimassen. Diese Laute, die aus seinem Mund kommen.

X

Ach herrje, jetzt hat er mir wieder alle Dosen aus dem Regal geräumt und einen Turm daraus gebaut. Wie kriege ich jetzt die Dose Bohnen? Wenn ich ihm die rausnehme, fängt er an, das ganze Haus zusammenzuschreien. Heute Vormittag hat er schon mal so extrem geschrien, immer wenn ich staubsauge, fängt er an zu schreien, durchdringend, als würde ihn einer abstechen. Schau ihn dir an, wie er mit dem Oberkörper schaukelt. Das beruhigt ihn.

»Mama, die Elena hat in die Hose gemacht. Kommst du?«

»Ja, gleich, ich muss nur noch schnell Konrad wieder in seinen Stuhl hieven. So, das hätten wir. Ich wollte, ich hätte vier Hände. Tim! Hör endlich auf mit dem Lärm. Halt die Hände still! Verdammt noch mal, auch noch das Telefon! Ich kann jetzt grad nicht. Lass es klingeln.« »Tim, komm vom Klavier herunter. Du tust dir noch weh. Das geht doch nicht.« Sie zieht an seinem Fuß und er lässt sich in ihre Arme fallen. » Langsam, Kind, langsam, du wirfst mich ja um.« »Mist, jetzt ist die Milch übergelaufen. Alles riecht angebrannt. Schnell noch mal Milch kochen für den Pudding.« »Was hast du denn, Konrad, sitz still, sonst fällt dein Stuhl um, warum fuchtelst du so mit dem Arm? Was willst du denn? Ach, wenn ich nur raten könnte, was du sagen willst.«

XI

»Warum hat der Vater denn nicht rechtzeitig Alarm geschlagen? Er hatte doch unsere Notrufnummer. Er hat sich wohl mal bei uns gemeldet, bei seiner Frau zuhause herrsche Chaos, die kriege das nicht in den Griff. Manchmal döse sie am Küchentisch ein und habe seltsame Wahnideen im Kopf. Es klang nach Ehemann, der seine Frau anschwärzen will im Scheidungsverfahren. Wenn wir die Kinder aus der Familie geholt und in ein Heim eingewiesen hätten, wäre der Teufel los gewesen. Eine Tagesbetreuung für ihren behinderten Sohn wollte sie nicht. Der Junge habe Angst vor Fremden. Die Frau hat sich sehr bemüht, viel Verantwortung auf ihre

Schultern genommen. Sie hat die Kinder nicht vernachlässigt. Es bestand keine Veranlassung, in die Familie einzugreifen.«

XII

Die Kinder wurden mit Schlafmitteln betäubt und lagen in tiefem Schlaf, als Plastiktüten ihnen die Sauerstoffversorgung unmöglich machten und sie erstickten. Sie haben nicht gelitten.

XIII

»Mutter, könntest du morgen Abend vielleicht auf die Kinder aufpassen. Günther hat gerade angerufen, dass er sich jetzt doch endgültig trennen will von uns. Er will nach Frankfurt ziehen. Ich muss in Ruhe mit ihm reden. Er kann mich doch nicht im Stich lassen. Es sind doch auch seine Kinder. Ich komme nicht mehr klar mit all den Sorgen. Du kannst nicht? Bist mit deiner Freundin verabredet? Kannst du nicht verschieben? Nur dieses eine Mal. Bitte. Na gut, dann muss ich eben sehen, wie ich klarkomme.«

XIV

»Lieber Gott, hilf mir. Sag mir, was ich tun soll. Dass Konrad und Michael behindert sind, dafür kann ich doch nichts. Ich habe gut auf mich aufgepasst während der Schwangerschaft. Nicht geraucht, nicht getrunken. Weshalb werde ich so bestraft? Die Dämonen tanzen und lärmen. Ich tue, was ich kann, rackere mich ab. Dieses Leben... Ich halte es nicht mehr aus. Ich kann nicht mehr. Wie schön wäre es mit meinen fünfen...,wenn wir nur Ruhe hätten. Ich würde ihnen vorlesen... ein Schlaflied singen. Sie warm zudecken.«

XV

Jetzt ist es gut, jetzt ist Ruhe, ihr Liebchen. Schlaft gut. Niemand wird euch stören. Welch ein Frieden. Kein Geschrei, kein Lärm. Jetzt seid ihr bei eurem lieben Vater. Wie rosig ihr in euren Betten liegt, ganz entspannt, ihr kleinen Engel. Ich habe euch nicht wehgetan. Nur noch zwei kleine Schnitte, dann bin ich bei euch. Dann haben wir alles überstanden. Herr, du bist unsere Zuflucht.

Susanne Schmincke
Das Verhör

»Nehmen Sie das Kind ruhig auf den Schoß«, forderte die Kriminalkommissarin die blasse Frau auf. Diese hob ihre Tochter hoch und drückte sie wie eine Puppe an sich.

»Na, Sophia, da hast du es aber bequem bei der Mama«, eröffnete die routinierte Polizistin das Verhör. » Wenn du etwas trinken möchtest, brauchst du mir nur Bescheid sagen. Wie war es denn genau gewesen an diesem Tag? Es war ja kurz vor Mittag und du bist gerade aus der Schule gekommen. In welcher Klasse bist du denn?«

»In der Ersten. Wenn ich nach Haus komme, habe ich immer Hunger. Mama hat mir einen Apfel gegeben und mich zum Spielen geschickt, weil die Pasta noch nicht fertig war.«

»Und dann bist du nach draußen gegangen? Das Wetter war ja schön.«

»Ich habe vor dem Haus das große schwarze Auto gesehen. Ein Mercedes. Durch die Scheiben konnte man nicht gucken. Deshalb bin ich hinter Papas Werkstatt auf den Schuppen geklettert.«

»Weiß das deine Mama, dass du da schon mal hochkletterst?«

Sophia nickte. »Aber eigentlich darf ich es nicht. Ich wollte durch das hintere Fenster in Papas Werkstatt sehen. Kriege ich jetzt geschimpft?« Ihrer Mutter standen die Tränen in den Augen während sie ihre Tochter beruhigte.

Die Kommissarin nahm erneut Anlauf, das Gespräch fortzusetzen. »Du wolltest mal schauen, wer mit dem Mercedes gekommen war und den Papa besuchte.«

Sophia senkte den Kopf, ihr Gesicht wurde fast verdeckt von den dunklen langen Haaren. Sie holte einen kleinen Stoffhasen aus der Handtasche ihrer Mutter.

»Hat dein Häschen auch durch das Fenster geguckt?« Sophia hielt zur Bestätigung den Hasen hoch.

»War da ein Mann bei deinem Papa?«

»Da waren drei große Männer, alle ganz schwarz angezogen.«

»Und hast du gehört, was sie geredet haben?«

Sophia verneinte. »War alles ausländisch. Und dann hat der eine Papa ins Gesicht gehauen und die anderen zwei haben ihn festgehalten. Dem armen Papa kam ganz viel Blut aus der Nase. Das lief überall hin. Er hat geschrien. Dann hat der mit der Glatze eine ganz lange Pistole in der Hand und hielt sie an Papas Kopf. Ich bin vor lauter Schreck an das Fenster gestoßen.«

Sophia presste den kleinen Hasen an sich und streichelte ihn.

»Und was hast du danach gemacht? Haben die Männer dich gesehen?«

Die Kleine antwortete »Ja, aber ich bin ganz schnell weggelaufen und habe mich in den Büschen versteckt! Da kann mich noch nicht einmal die Mama finden!«

Die Mutter bestätigte die Angaben ihrer Tochter. »Da läuft sie immer hin. Sie war bestimmt zwei Stunden dort in den Büschen während der Notarzt und Polizei da waren. Zuerst dachte ich, die hätten sie mitgenommen.« Die Frau putzte sich geräuschvoll die Nase währenddessen die Kommissarin das mitlaufende Tonband anhielt.

Das Telefon auf dem Schreibtisch summte leise, das Gespräch war nur von kurzer Dauer. »Verdammter Mist!« schimpfte die Kommissarin hinterher und sah ernst die Frau an. »Frau Carosi, das war das Krankenhaus. Leider. Die schlechteste aller Nachrichten.« Sie wandte sich dem Kind zu: »Sophia, du bist doch ein tapferes Mädchen!«

Die Mutter schlug die Hände vor das Gesicht und schluchzte laut auf. Die Kommissarin reichte ihr die Box mit den Zupftüchern und wandte sich der Tochter zu. »Sophia, komm, wir beiden holen uns jetzt eine Limo! Danach sehen wir uns noch ein paar Bilder an, damit wir zwei die bösen Männer finden und ins Gefängnis sperren können.«

Sophia drückte ihren Hasen der Mutter in den Arm und begleitete die Kommissarin zum Getränkeautomat.

Ingrid Leibhammer
Kirschen

»Heute wäre unsere Sonja 27 geworden.« Ihre Eltern gaben sich viel Mühe mit mir, bewirteten mich als VIP mit selbstgebackenem Kirschkuchen und dem guten Geschirr auf dem Wohnzimmertisch. »Aber nicht doch, das habe ich nicht verdient«, lächelte ich. Die Mutter pickte wie ein Vögelchen auf dem Teller. Sie trug immer noch Tiefschwarz. Ich schaute konsequent an dem Foto auf dem Klavier vorbei, das ein lachendes Mädchen beim Schaukeln zeigte. Den Kuchen rührte ich nicht an.

Sonja war meine beste Freundin gewesen. Fast jeden Tag hingen wir zusammen wie die Kletten. »Blonder Engel«, sagten die Leute von ihr, die sie nicht näher kannten. Sie durfte sogar ihre Fingernägel mit farblosem Nagellack verschönern. Ich war eher der burschikose Typ mit dem praktischen Kurzhaarschnitt in Mittelbraun. Ich ließ sie nie merken, wie sehr ich sie um ihr Leben beneidete. Sie war beliebt. Zuweilen war sie biestig zu mir, dann fand sie alles an mir blöd.

Unser Lieblingsplatz war oben an der Kante des Steinbruchs. Dort saßen wir nachmittags oft. Von dort oben konnten wir alles überblicken, was sich unten bewegte, ohne je gesehen zu werden. Natürlich war es streng verboten, so nahe an den Steinbruch zu gehen. Wir hatten uns gegenseitig geschworen, es nie an einen Erwachsenen zu verraten, heiliges Pfadfinderehrenwort.

Sonja feierte ausgelassene Geburtstage mit allen ihren Freundinnen und Freunden, während ich Kusinen und Tanten einladen musste. Ihre Geschenke funkelten bunt, ein Haarreif, Ohrringe, Armkettchen. Wenn sie besonders gut gelaunt war, gab sie mir etwas davon ab.

Bei meinen Pflichtbesuchen war mir unbehaglich. Die Gesichter hinter den Vorhängen sagten von mir, ich sei eine rassige Schönheit geworden, nur die graue Strähne, die die Städter so apart fanden, beunruhigte sie. Manchmal fragte mich jemand mutig:»Wieso wirst du denn schon grau?« Ich passte nicht mehr hierher. Meine Hosenanzüge und die Sonnenbrille, die ich wegen meiner lichtempfindlichen Augen trug, eckten an.

Wenn Sonjas Eltern die Rede auf vergangene Kindertage brachten, wurde ich einsilbig. Erwähnte jemand den Unfall, verstummte ich völlig. Meine Hände verkrampften sich unter dem Tisch und ich hoffte, dass man die Hitzewelle nicht bemerkte. Schließlich war ich noch lange nicht fünfzig. Ich wusste, ich galt als arrogant und unnahbar, mit einem verkniffenen Zug um den Mund.

Mein Chef schätzte meinen Einsatz – pünktlich, zuverlässig und fleißig. Lediglich meine Migräne führte zu häufigen Fehlzeiten. Private Einladungen kamen selten. Die Kluft zwischen uns blieb zu tief. Meine Kollegen wussten nichts über mich. Niemand durchdrang meinen eisernen Vorhang. Sie will mit uns nichts zu tun haben, vermuteten sie.

Anfangs hatte ich sie sehr vermisst. Meine Tage blieben leer. Ich war allein, denn meine zweite Hälfte fehlte. Bei der Beerdigung war ich plötzlich umgefallen. Einfach so. »Die Hitze! Das arme Kind«, hieß es. Ich ging nie wieder zum Friedhof.

Es war ein heißer Tag gewesen. Die Lerchen flatterten hoch am Himmel auf der Stelle. Wir waren durch die Wiesen gestromert, den Duft von Gras in der Nase. Jede hatte einen dicken Strauß Margeriten gepflückt. Und einige Handvoll der dunkelroten Kirschen von den unteren Zweigen waren in unsere Taschen gewandert. Zwei Kirschpaare dienten uns als Ohrringe.

Wir setzten uns unter einem Gebüsch an unserem Lieblingsplatz in den Schatten und aßen die Kirschen. Spielten Wettspucken. Sonja hatte sich weit vornüber gebeugt, den Mund gespitzt.

»Ich zuerst! Ich spucke viel weiter als du, wetten? Du kriegst doch bloß einen halben Meter hin«, hatte sie gesagt. Mein Zeigefinger gab ihr einen winzigen Stups in den Rücken. Ohne böse Absicht, natürlich. Ich erschrak, als sie fiel. »Sonja?«, rief ich ihr hinterher. Sie lag ganz klein dort unten.

»Was ist? Was hast du denn?«, wollte meine Mutter von mir wissen. Ich war verschwitzt, mit verklebten Haaren und rotem Gesicht nach Hause gekommen, weil ich gerannt war, als wäre der Böse hinter mir her. »Nichts, lass' mich!« Keuchend warf ich die Tür hinter mir zu. Am nächsten Tag brauchte ich nicht zur Schule. Fieber.

Ich habe es nie jemandem erzählt. Es war zu sperrig für meine Lippen.

Barko Bartkowski
Stark

»Achtung auf der Elf!«, krächzt es aus dem Sprechgerät. Ich bestätige und werfe einen Blick zum Ablaufhügel. Der Kesselwagen ist noch weit weg. Ich denke an sie.

Sie ist ungefähr acht. Höchstens neun. Wo sie wohl immer herkommt? So spät ist doch keine Schule mehr.

Seit zwei Wochen kommt sie jetzt. Da hab ich sie zum ersten Mal gesehen. Sie geht immer direkt an den Gleisen lang, überquert sie, wo die alten Schwellen aufgestapelt sind, läuft auf dem Feldweg weiter zur Neubausiedlung. Da wohnt sie wohl.

Sie kommt jeden Tag hier vorbei. Meistens sehe ich sie nur von fern. Der Rangierbahnhof ist groß. Aber gestern, da war ich auch hier, ganz am Ende von den Gleisen. Sie war etwas später dran als sonst. Die Sonne stand tief überm Güterbahnhof. Die hat sie wohl geblendet. Sie hat mich nicht gesehen.

Ich muss immer an sie denken. Jetzt wird sie bald kommen...

Ein Schatten wächst vor mir auf. Ich springe zurück, stolpere, falle auf das Gleis. Der Kesselwagen kracht donnernd in die anderen, das Rad kommt bloß Zentimeter vor meinem Fuß zum stehen. Mein Herz rast wie verrückt. Pass auf, Mensch! »Wenn du nicht aufpasst, bist du Mus!«, hat der Rangiermeister gesagt.

Ich rappel mich auf, tauche unter den Puffern hindurch, wuchte die schwere Kupplung hoch und über den Haken, drehe sie fest. Es ist eine anstrengende Arbeit. Man muss stark sein, um sie zu machen. Aber ich bin stark. Stark genug.

Bin ich stark genug? Ich hab die Zeit durchgestanden – obwohl mich alle behandelt haben wie Dreck. Mehr als einmal haben sie mich zusammengeschlagen. Ich hab mich nicht gewehrt. Ich hab durchgehalten.

Und die Bewährung – zwei Jahre. Das war noch härter. Viel härter! Der Drang war noch da, irgendwo tief drinnen. Lauernd. Aber ich bin stark geblieben. Hab mich an alle Auflagen gehalten. Bin zur Therapie. Hab mir 'ne Wohnung gesucht, weit weg von allem. Kein Schwimmbad in der Nähe, keine Schule. Keine Spielplätze. Und'n Job gefunden. Auch weit weg von allem, am Rangierbahnhof. Ich hab's im Griff. Ich bin stark.

Dachte ich.

»Du bist jetzt frei«, haben sie gesagt, als sie mich entlassen haben. Frei! Drinnen, da war ich frei. Da konnte nichts passieren.

Jetzt muss ich kämpfen. Jeden Tag wieder. Stark sein. Jeden Tag. Wenn ich nur einmal schwach werde...

Gestern. Sie hat mich nicht gesehen. Hat sich umgeschaut, aber ich stand hinter den Güterwagen, die Sonne im Rücken. Da ist sie zwischen die Schwellen, hat sich die Hose runtergezogen und hingehockt zum Pissen. Ich konnt ihn genau sehen, ihren süßen kleinen Arsch...

Das Sprechgerät knattert. Ein weiterer Kesselwagen löst sich vom Ablaufhügel.

Ich hab mich weggedreht. Da bin ich stolz drauf. Ich hab nicht weiter hingeguckt. Hab mich mit dem Rücken an den Wagen gelehnt und bis hundert gezählt. Bis sie weg war. Da bin ich stark gewesen.

Aber dann... dann bin ich rübergegangen. Ich konnte nicht anders. Es dampfte noch, wo sie hingepisst hatte. Ich konnte sie riechen. Ich weiß jetzt, wie sie riecht...

Auf einmal ist alles wieder da. Ich erinnere mich: wie sie sich anfühlen, wie sie riechen. Die letzte hat sich ins Höschen gemacht, als ich ...

Ich zittere. Ich muss mich am Wagen festklammern. Stark bleiben. Ich muss stark bleiben! Heute. Morgen. Jeden Tag. Jeden verdammten Tag!

Nein. Nur einmal. Ich muss nur noch einmal stark sein.

Ich lasse mich auf den Boden sinken, presse meinen Kopf an den Puffer, schließe die Augen. Die Schiene vibriert unter mir. Der Schatten des Kesselwagens fällt über mich.

Runzeliges

Herwig Haupt
Haustürgeschäfte

Heute könnte er kommen. Ich spür's. Die Vorbereitungen habe ich getroffen. Mal nachsehen, wer am Gartentor hält. Hm, das sieht ganz so aus.

»Wollen Sie zu mir?«

Er fragt, ob ich was gegen Vorbestrafte habe. Hab ich doch richtig vermutet. Er war sicher mit Erich im Knast.

So? Ein Geschenk für mich? Was soll ich denn mit einer bunten Decke? Und noch eine dazu? Die soll 300 Euro wert sein – Quatsch, so viel Geld hab ich gar nicht.

»Ich bin doch Rentnerin, dreiundachtzig Jahre. Sie können sich gerne überzeugen, dass ich nur 60 Euro im Portmonee hab. Warten Sie, ich komm gleich wieder runter. – Ach, Sie kommen schon mit rauf? Spar ich mir den Weg zurück – gut für meine Füße.«

Jetzt guckt der doch tatsächlich in meinen Geldbeutel und nimmt sich die 60 Euro raus. Gibt mir die Decke dafür.

»Sie sind aber kein guter Geschäftsmann. Die hat Sie doch 300 gekostet.«

Er will schon wieder gehen? Kommt nicht in Frage.

»Ich will mich auch erkenntlich zeigen, wenn Sie Ihre Sachen so verschleudern. Trinken Sie noch einen Kaffee mit.«

Wenn der wüsste, wie viel ich für Erich gespart hab, der würde Augen machen. Ich muss ihn doch darauf ansprechen.

»Mein Bruder, der Erich, hat hier noch sein Erbe bei mir im Schrank. Sie sind doch der, mit dem Erich in den Knast gewandert ist – stimmt's? – Wegen Paragraf 175.«

Jetzt hat er sich verraten. Wie er sich den Hals verdreht nach meinem Küchenschrank. Dabei meine ich den Schrank im Keller.

»Ich hab das gleich gemerkt, dass Sie der Freund vom Erich sind. – Was? Keiner von denen? Das weiß ich besser. Ich kenn doch meinen Bruder. – Warum trinken Sie Ihren Kaffee nicht?«

Mag meinen Kaffee nicht – so ein Flegel! Dem zeig ich's.

»Gut, dann müssen Sie eben Apfelsaft trinken. Ich genehmige mir auch einen. Runter damit! Und dann zeig ich Ihnen Erichs Schrank. – Ach, Sie haben schon gemerkt, was das für Apfelsaft ist. Heißt Schkotsch oder so ähnlich – aber die Farbe ist dieselbe.«

Ich nehm ihn mit in den Keller. Aber nicht zu Erichs Schrank, sondern in den anderen Raum. O ja, das mach ich. Er soll alles gestehen.

»Hier rüber, kommen Sie schon. Da ist alles drin, was ihm gehört, sehen Sie? – Ja, Sie haben recht, ist zu dunkel hier. Das Licht muss ich von der anderen Seite einschalten.«

Steht er richtig? – »Da rechts die Schublade – ja, die!« – So, ich kann die Schnur ziehen. Der Balken rutscht.

»Oh, dich hat's aber erwischt!« – Jetzt die Kette, damit der Schrank auf ihn fällt. – Hat geklappt.

»Trink noch ein bisschen Apfelsaft aus der Flasche! Schön die Zähne auseinander! Gut so. Du bist also der Kerl, der unserem Erich die ganzen Schweinereien beigebracht hat, dass er dafür ins Gefängnis musste. – Willst ihn gar nicht kennen? Hast doch gerade erst zugegeben, dass du mit ihm eingesperrt warst. – Für so was kommt man gar nicht in den Knast? – Da hast du dich aber getäuscht. Du gehörst da immer noch rein. Aber unser Erich, der war so ein guter Junge, der war immer anständig. Das mit den Schwuchteln, das kam alles nur von deinen Sauereien, aber das sollst du büßen, du Lump. Du bleibst jetzt so lange hier, bis Erich kommt, und dann werden wir dir... – Was? Du hast eine Freundin, die dafür sorgt, dass sie nach dir suchen? Solche wie ihr haben keine Freundin. Kannst mich doch nicht für dumm verkaufen.«

Wo Erich nur bleibt? Übermorgen ist sein fünfundzwanzigster Geburtstag und ich bin drei Jahre und sechs Wochen älter als er. Ich muss noch mal seinen Brief suchen, da steht doch drin, dass er bald entlassen wird. Haben die ihm zu wenig Fahrgeld mitgegeben? Da müsste man sich mal bei der Polizei beschweren. Ich will sie gleich anrufen.

Herwig Haupt
Jungmühle

Hans kam in sein Dorf zurück und schaute sich um. Es fing an zu regnen. Wo sein Elternhaus gestanden hatte, war ein Schloss errichtet. Nicht weit davon stand immer noch der alte Gasthof. Da kehrte er ein. »Wer hat sich denn da«, fragte er den Wirt, »auf dem Grund und Boden niedergelassen, wo vor sechzig Jahren das Haus abgebrannt ist?« Der Wirt dachte nach. »Da soll so was gewesen sein«, grübelte er. »Der Bauer und die Bäuerin sind umgekommen. Und der Hansel, ihr Sohn, war erst vierzehn. Der konnte den Hof nicht allein wieder aufbauen. Und helfen wollte ihm keiner. Sollte wohl Knecht beim Großbauern werden, da ist er fortgelaufen. Vielleicht in die Stadt. Vielleicht weiter weg. Vielleicht gestorben. Und dann ist der junge Graf auf der Jagd vorbeigekommen und hat sich in ein Mädchen verguckt, die Tochter des Großbauern. Der hat sie ihm zur Frau gegeben und Hansels abgebrannten Hof gleich dazu. Darum wohnt der Graf jetzt in dem Schloss da drüben.«

»Aha, so ist das also«, murmelte Hans, klappte den Regenschirm auf und hinkte hinaus, die Dorfstraße entlang. »Wenn für jedes Mädel im Dorf ein Bursche da war zum Heiraten, hätte eine übrig bleiben müssen, als ich fortging. Hat aber der Graf die genommen, die übrig war, ist keine mehr für mich da. Was soll's? Bin ja auch schon viel zu alt zum Heiraten. Vererb ich eben mein Geld den Armen.«

Er kam an eine elende Hütte am Ortsausgang. Das war das Armenhaus. »Schau ich halt mal da hinein«, dachte er, öffnete die Tür und sagte Grüßgott zu der Alten, die auf einem klapprigen Hocker am kalten Ofen saß, mit einem dünnen Tuch um.

»Ja wer bist denn du?« Sie schauten sich beide in die runzeligen Gesichter. Sie lächelte. »Der Hansi – abgebrannt und fortgerannt – und jetzt auf einmal wieder da – ja so was!« – »Bist du nicht gar die Rosel vom Großbauern?«, fragte er verwundert. »Du solltest doch Gräfin im Schloss...« – »Erst eingeseift, dann abgestreift« – sie lächelte wehmütig – »nach den Flitterwochen hat er sich auf seine alten Bekanntschaften besonnen, die sind aber auch längst ausgetauscht gegen jüngere, und noch jüngere. Mein Erbe ist jetzt sein und ich bin von ihm geschieden, eine ausgedörrte Hutzelbirne, nur noch zum Begraben.« »Da ist doch keine Ordnung in der Welt«, grollte er. »Ich komm zu spät heim. Was machen wir nur?« »Kannst ja mit mir im Armenhaus wohnen«, schlug sie vor. Er schüttelte den Kopf, setzte den Fuß auf, war aber zu schwach um recht wütend aufzustampfen. Doch die morschen Dielen wussten, wie's gemeint war, und knisterten bereitwillig. »Reich bin ich geworden, aber schwach wie ein verhungerter Feldspatz. Kann keinen Erdklumpen mehr vom Boden aufheben. Und du hast mir doch schon immer so gut gefallen.« – »Du mir auch«, seufzte sie, »aber es passt halt nicht mehr...«

Sie sanken betrübt nebeneinander auf die wackelige Bank vor dem Fenster, umarmten sich und weinten eine Zeit lang zusammen. Das tat gut. »Weißt noch, wie du übern Zaun bist, als ich die Schweine füttern sollte?«, fragte sie leise. »Und gestolpert – da lagen wir beide im Dreck«, ergänzte er. Inzwischen kam draußen die Sonne heraus. Die Sperlinge fingen an zu tschilpen. Ein Buchfink schmetterte ein paar Takte dazwischen. Das hörte sich seltsam an. »Hat er nicht was gesagt?«, fuhr sie auf. »Jungmühle hab ich verstanden«. – »Altweibermühle schreien die Spatzen.«

Sie fassten sich bei den Händen und trippelten den Wiesenweg hinterm Haus hinunter. »Summ« und »brumm« machte eine Hummel vor ihnen. Sie wussten, dass es »kumm!« heißen sollte, und folgten ihr. »Hiiier!«, wieherte ein Ackergaul auf der Koppel am Bach. »Jahh!«, trompetete es wie von einem Esel. Und da stand tatsächlich eine Mühle, die sie nie vorher gesehen hatten. Das Rad drehte sich rückwärts. Seine Schaufeln holten das Wasser aus dem Ablauf in den Zufluss. Im Mühlenhaus stand der Trichter auf dem Kopf und wurde von einem Esel und einem Pferd – nein, von zwei Müllerburschen! – gehalten. »Hier alt hinein!«, rief der eine und zeigte auf das Räderwerk über seinem Kopf. »Und da jung heraus!«, ergänzte der andere und wies auf den Trichtereingang. »Ihr müsst euch aber verpflichten, alle Dummheiten, die ihr im Leben gemacht habt, zu wiederholen. Nur seine größte darf jedes von euch ausschließen. Und ihr müsst euch ganz sicher sein, dass ihr es ehrlich miteinander meint.«

»Mit dir will ich jeden Unsinn und jede Eselei doppelt machen, aber nie wieder einem Grafen trauen«, beteuerte Rosel und trat mutig auf den riesigen Mehlsack zu, den ihr die Burschen hinhielten. »Ich will nie mehr aus deiner Nähe fortgehen«, versprach Hans, »aber sonst allen Unfug meines Lebens treulich mit dir gemeinsam wiederholen.«

Sie wurden zusammen in den Sack gesteckt und durch die Mühle gedreht, dass es knackte und rappelte, als ob nicht alte Knochen neu sortiert, sondern Pflastersteine zerschmettert würden. Mit strahlenden Gesichtern kamen sie aus dem Trichter gehüpft.

»Hat das Spaß gemacht!«, jubelte die hübsche, zierliche Rosi, »gleich noch mal!« Hans hob sie auf und drehte sich mit ihr im Kreis.

»Für euch steht jetzt die Mühle still, sie mahlt nur, was sie mahlen will«, verkündete der eine Bursche und verwandelte sich in ein Eselsfohlen. Gleich danach sahen sie nur noch die Bäume am Bachufer. Es war schon dunkel geworden. Sie stolzierten durchs Dorf, aber keiner sah sie, und klopften an die Schlosspforte. »Ist der Graf zu sprechen?« Der lag mit Gicht und Gliederreißen im Bett. Hans blieb draußen, aber Rosel drängte sich an den Dienern vorbei und trat ins Zimmer des Grafen.

»Wie siehst du alt aus, mein Exgemahl«, flötete sie. »Möchtest du auch noch einmal jung werden wie ich?« – »Wer bist du, meine Schöne?« röchelte er, denn die Fettleibigkeit nahm ihm den Atem. »Sind wir uns nicht schon begegnet?« – »O ja«, antwortete sie strahlend, »weißt du nicht mehr, wie du mir versprachst mich immer treu zu lieben?« – »Ach das«, brummte er, »war sicher nicht so gemeint. So was sagt man halt ab und zu. Du erinnerst mich aber an eine, die mir Glück und Geld gebracht hat. Was bringst du?«

Er brauchte einige Zeit um zu begreifen, was geschehen war. Dann raffte er sich dazu auf, seiner früheren Frau ein paar sehr nette Komplimente zu machen und versprach ihr ein herrliches Leben an seiner Seite, wenn sie ihn rasch zu der Jungmühle führen wollte. »Das will ich aber schriftlich haben und mit Zeugen«, forderte sie. Da rief er seinen Leibdiener und das Stubenmädchen herein und erklärte feierlich: »Ich werde mich einer schnellen Kur unterziehen und noch heute Nacht als ein so junger Mann zurückkehren, dass ihr mich kaum wieder erkennen werdet. Dann möchte ich mit dieser Dame hier vermählt werden. Sie soll meine Schlossherrin und Alleinerbin sein. Schreibt das auf. Und nun lasst uns allein.«

Sie überzeugte sich, dass niemand sah, wohin sie gingen. Nur Hans schlich ihnen nach, als sie den Greis an den Bach hinunterzerrte. Im Mondlicht zeigte sie ihm ein paar Steine im Wasser. »Siehst du die Mühlsteine dort? Damit müssen nun deine alten Knochen zermahlen werden, damit sie sich wieder stark und neu zusammensetzen können. «Und wo sind die Mühlknechte?«, fragte der Graf ängstlich. »Da steht der eine schon bereit«, antwortete sie. »He, Hans, fang an!" Sie hatten einen bösen Plan. Doch die Mühle kam ihnen zuvor. Plötzlich wieherte und schnaubte etwas herbei, verwandelte sich in zwei Müllerburschen, die steckten den Grafen in den großen Mehlsack und hielten den Trichter mit der Öffnung nach oben. Einer blinzelte den beiden zu, als wollte er sagen: »Nur noch alte Dummheiten, keine neuen!« Das Wasser floss in die

Schaufeln und drehte das Mühlrad richtig herum. Sie hörten es knirschen und knacken, sahen aber nur noch Steine im Bach, die sich in der Strömung aneinander rieben.

Im Schloss wurden sie als der Graf und seine Braut, die neue Gräfin, begrüßt.

Susanne Schmincke
Eine Rose für Mama

Nach dem Unterricht in der Grundschule stellte Renate ihre Tasche neben den Schreibtisch und spazierte, egal wie das Wetter war, durch ihren sorgfältig angelegten Garten. Sofort verschwanden Stress und Anspannung der schulischen Arbeit als Lehrerin. Seit Jahren beschäftigte sie sich mit Anpflanzung und Pflege von Rosen, welche für sie die schönsten Blumen der Welt darstellten.

Neben dem Haus rankte die hellrosa New Dawn hoch, die von Ende Mai bis in den November ihre weiß-rosa Blüten zeigte. Entlang des Gartenweges standen Halbhochstämme in Rot- und Rosatönen, dazwischen Polyantharosen mit ihren vielen kleinen Blüten.

Heute war ein Dienstag, der Tag, an dem sie nachmittags die Mutter im Altenheim besuchte.

Auf das Beet neben der Terrasse hatte sie edle Teehybriden gesetzt, die einzelne besonders schöne, große Blüten trieben. Renate liebte die Rosen mehr in ihrer natürlichen grünen Umgebung, als dass sie sie für eine Vase abschneiden würde. Sie beobachtete jeden Tag, wie sich die Knospen langsam öffneten, und hatte jetzt für ihre Mutter eine fast perfekte Blüte ausgesucht, eine Mme A. Mailland, in Deutschland »Gloria Dei« genannt. Hellgelb mit pfirsichrotem Saum, eine gefüllte Blüte ohne Duft.

Renate entfernte die Stacheln, wickelte ein feuchtes Papiertuch um den Stiel und fuhr los.

Das Altenheim machte wie immer einen freundlichen Eindruck, wäre da nicht dieser Geruch von Essen und Urin gewesen. Trotz der Sauberkeit hier, aller geregelten Mahlzeiten und Spiele fürs Gehirn, tat es Renate jedes Mal leid, dass die Pflege ihrer Mutter mit Alzheimererkrankung zu Haus nicht mehr zu bewerkstelligen war. Mit Anfang sechzig war sie völlig orientierungslos geworden.

Renate betrat das Zimmer. Ihre Mutter saß hübsch angezogen mit Rock und Bluse im Sessel. Sie hatte den abgegriffenen hellblauen Plüschhasen auf dem Schoß, hielt ihn mit einer Hand fest umklammert, während die Finger der anderen die Ohren des Hasen hin und her bewegten. Ihre Haare waren mit einem Scheitel versehen, wie sie ihn eigentlich nie getragen hatte, und die Pflegerin hatte ihr eine Haarspange mit Blümchen an die Seite des Ponys gesteckt.

»Hallo Mama, ich bin's, die Reni!« Die Mutter lächelte. Keine Falte auf der Stirn, glücklich und zufrieden strahlte sie ihre Tochter an und hielt den Hasen hoch. »Da, da.«

»Gibst du mir dein Häschen? Hier, ich habe dir etwas mitgebracht. Das ist doch deine Lieblingsrose!«

Die Mutter gab den Hasen nicht aus der Hand, griff aber nach der Rose, die Renate ihr reichte. Sie lachte sie an, hob die Hand, öffnete den Mund und biss mit ihren 28 perlweißen Kunststoffzähnen herzhaft in die Blüte hinein.

Die »Gloria Dei« wird im englischen Sprachraum »Peace« genannt und hat 40 Blütenblätter.

Ingrid Leibhammer
Nur ein Pieks

Es ist so einfach. Alles steht gut sortiert im verschlossenen Schrank. Verlockend. Ich brauche nur zuzugreifen. Tausendfach geübt. Ein Mückenstich.
Wie lange dauert es denn noch? Wann wird es endlich vorbei sein?

Diese neue Schwester ist wirklich hilfsbereit. Sie kümmert sich hingebungsvoll um die Patienten. Die hat ein gutes Herz. Und sanfte Hände.

Ich habe die Möglichkeit dazu. Er nicht. Er liegt gestrandet auf dem Rücken, bewegungslos. Man muss alles für ihn tun, noch nicht einmal schlucken kann er. Nur die Augen.... sie bitten mich. Dem kann ich mich nicht entziehen. Ich darf ihn nicht so liegen lassen. Es ist unnötig. Wozu?

Sie denkt nie an sich, ist sofort da, wenn sie gerufen wird. Selbst wenn sie dadurch keine Mittagspause hat. Und immer mit einem freundlichen Wort. Die weiß, wie man sich fühlt, wenn man krank im Bett liegen muss. Für mich ist es eine Beruhigung zu wissen, dass sie an diesem Wochenende Dienst hat. Sie versucht zu lindern, wo sie kann. Bei ihr ist er gut aufgehoben.

Wieso hilft ihm niemand. Wie können alle dermaßen hartherzig sein. Sogar in diesem Zimmer kommt ihnen ein fröhliches Lachen aus dem Bauch. Ich bin die einzige, die Verständnis hat. Warum kümmert sich keiner? Die lassen ihn bei lebendigem Leib verrotten.
Ich muss ihm seine Lage erleichtern. Jammernde Töne. Wenn er reden könnte. Ein Mensch braucht seine Würde. Elendes Verrecken. Jeder Gaul kriegt seinen Gnadenschuss. Wo ist er, der liebende Gottvater? Es gibt nur noch eine vegetierende Hülle, rohe Qual. Ich werde ihn retten. Sie werden mir alle dankbar sein.

Die Neue bewährt sich. Mit ihr haben wir einen guten Griff getan. Sie arbeitet flink und kompetent. Die Patienten mögen sie. Ein mütterlicher Typ. Sie schafft eine menschliche Atmosphäre. Das ist wichtig für unsere Station.

Mein Cocktail wird ihn sanft begleiten, nur ein kurzer Moment, ohne Schmerzen, innerhalb von Minuten erlöst. Das ist der einzig gangbare Weg. Dann ist es schnell überstanden. Das würde ich mir auch wünschen. Gerettet aus unerträglicher Qual. Wer würde das nicht wollen? Einen leichten Abschied.

Ich verstehe nicht, was die Anwälte von mir wollen. 15 Jahre. Wofür? Ich habe nur Gutes getan. Ich kann doch nichts dafür, dass sie sterbenskrank waren. Ich wollte nur helfen.

Michaela Abresch
Auslese

Über eine Treppe erreichte sie die erste Etage. Ein schmaler Korridor, sieben Türen auf der linken, sieben auf der rechten Seite, ein einziges Fenster am anderen Ende. Keine Bilder, keine Pflanzen. Der gebohnerte Linoleumboden, ehemals giftig grün, ließ nur noch eine schwache Ahnung an seine ursprüngliche Farbe zu. Nichts regte sich.

Manchmal, wenn Nora hierher kam, war das ganz anders. Dann hörte sie, wie hinter den Türen gewimmert oder gerufen oder vielleicht auch gesungen wurde. Fine Maywald aus Zimmer Dreizehn hatte vier Jahrzehnte lang Gesang unterrichtet. Es klang traurig, was sie mit brüchiger Stimme hervorbrachte, immerzu lamentierte sie vom bitteren Ende und von den Englein im Himmel. Irgendwann hatte Nora damit aufgehört, sich in die Köpfe der Menschen, die den Rest ihres Daseins hinter diesen Türen verbrachten, hineinversetzen zu wollen. Es fiel schwer, zu begreifen. Und die Vorstellung, auch sie selbst könne dereinst alle geistigen Fähigkeiten, alles, was sie sich über Jahre angeeignet hatte und was sie zu einem unverwechselbaren Individuum machte, in einem verworrenen, unlösbaren Gedanken-Wirrwarr verlieren, erschreckte Nora immer wieder. Es war, als ob sich das Denken der Menschen innerhalb dieser Verknotungen aufgelöst hätte, einfach so, ähnlich wie ein Tropfen Farbe in einem Glas Wasser. Die Welt lag außerhalb dieser Verknotungen und ein Weg zurück war nicht vorgesehen.

Die letzte Tür auf der linken Seite, Nora klopfte. Sie klopfte immer, obwohl sie ziemlich sicher war, dass ihre Mutter das Geräusch zwar wahrnahm, aber nichts damit anfangen konnte.

Zwei Jahre lebte Else nun schon hier. Zwei lange Jahre hetzte Nora montags und freitags nach Büroschluss hierher, um die Nachmittage am Bett ihrer Mutter zu verbringen. Dann erzählte sie ihr von der Arbeit, von den Kindern, von allem, was sich in der Welt, zu der Else einmal gehört hatte, zutrug und wenn sie nichts mehr zu erzählen wusste, las sie ihr Artikel aus der Tageszeitung vor oder Geschichten aus der Bibel. Egal was; alles schien besser zu sein als das Vakuum aus Stille, in das Nora fiel, sobald sich die Zimmertür hinter ihr schloss.

»Hallo Mama!«

Ein Kuss auf die Stirn und das übliche Zurechtzupfen der Bettdecke. Ein Zucken huschte über Elses Gesicht, das durchscheinend und zerbrechlich wirkte wie dünnes Glas und das schon lange kein bewusstes Lächeln mehr zustande brachte. Sie brabbelte Wortfetzen, die Nora nicht verstand, die sie vielleicht gar nicht verstehen konnte, weil ihr die Knoten in den Gedanken fehlten, die ihr das Nachvollziehen möglicherweise erleichtert hätten.

Sie hängte ihre Jacke über die Stuhllehne.

»Heute gab es Sauerbraten in der Kantine.« In ihrer Umhängetasche fischte sie nach einer Packung Streichholz. »Mit dunkler Sauce und Rosinen, so wie du ihn früher gemacht hast, erinnerst du dich? Aber deiner war viel besser. Ach, wie liebten wir deinen Sauerbraten.«

Das Streichholz flammte auf. Nora stellte die Kerze auf den Nachttisch, neben das Kunststofftablett mit den Pflegeartikeln, dorthin, wo Else sie sehen konnte. Das zur Hälfte abgebrannte Hölzchen ließ sie nach einem raschen Hin- und Herschütteln zurück in die Schachtel gleiten. Eine Angewohnheit. Eigentlich nervten die gebrauchten Hölzchen mit ihren krümelig-verkohlten Köpfen in den Zündholzschachteln sie. Bei Gelegenheit würde sie sie aussortieren.

»An deinen Geburtstagen gab es immer Sauerbraten für die ganze Familie, du erinnerst dich doch, Mama? Mit Klößen und Rotkohl.«

Zwei Pflegerinnen wirbelten herein. Mit geübten Handgriffen drehten sie Else von der rechten auf die linke Seite, wechselten ihre Windel und verteilten eine Flüssigkeit auf ihrem knochigen Rücken, die ein Aroma von Menthol und Kampfer im Raum hinterließ. Anfangs war Nora während dieser Maßnahmen aus dem Zimmer geflohen, unfähig, die Hilflosigkeit ihrer Mutter auszuhalten und die Gerüche zu ertragen, die von dem ausgemergelten Körper des Wesens ausgingen, das nichts mit ihrer Mutter zu tun hatte. Mit einem Kloß im Hals hatte sie draußen auf dem Korridor gestanden, auf den gebohnerten Linoleumboden starrend, und gewartet, dass man sie wieder hereinrief. Doch inzwischen waren die pflegerischen Notwendigkeiten für sie zu der gleichen Routineangelegenheit geworden wie sie es für die Schwestern waren. Mit einem Kissen, das den Rücken stützte und einem zweiten zwischen den angewinkelten Knien lagerten sie Else auf die rechte Körperhälfte und verließen schwatzend das Zimmer. Für die Dauer der beiden nächsten Stunden würde sich Elses Gesichtsfeld auf einen Streifen der hellgelb gestrichenen Wand und ein Stück des Türrahmens beschränken. Die Kerze konnte sie nun nicht mehr sehen.

Nora fragte sich manchmal, wie ihre Mutter dieses Hundeleben aushielt, woher sie die Kraft bezog, das Warten zu erdulden. Dieses

Warten auf den Tag, der dem zermürbenden Trott ein Ende setzen würde, der die Routine der immer gleichen Handgriffe unterbrechen und den Geruch nach Desinfektionsmitteln und Franzbranntwein aus ihrer beider Leben vertreiben würde. Die Stunde erwarten, in der die unbrauchbaren Zündhölzer aussortiert werden. Nora seufzte auf. Sie wusste, dass Else das Warten verlernt hatte. In verknoteten Gedankengängen verliert sich das Gespür für Zeit. Keine Gegenwart. Keine Zukunft. Kein Warten auf das Ende. Vielleicht ist die Demenz ein Gnadengeschenk. Für die Betroffenen. Ganz sicher nicht für die Angehörigen.

Bevor sie ging, pustete Nora die Kerze aus. Ihre Mutter war eingeschlafen. Sie strich ihr über die Wange.

»Alles Liebe zum Geburtstag, Mama«, flüsterte sie.

Barko Bartkowski
Veraltet

»Gisbert Neurer, Mega-Hometronic-Services. Zu Herrn Gestrik.«
Die Tür trat in elektronischen Wortwechsel mit Gisberts ID-Chip und wich vor ihm zur Seite.
»Sie werden erwartet. Folgen Sie den Hinweisen«, instruierte ihn das Haus. Gisbert folgte den bunten Lichtern, die vor ihm auf dem Boden dahintanzten, in den Aufzug, der ihn automatisch im achtundzwanzigsten Stockwerk auf einen Korridor spuckte.
Gestrik erwartete ihn bereits in der offenen Wohnungstür.
»Sind Sie vom Computer-Notdienst? Kommen Sie herein!«
Gisbert gestattete sich ein herablassendes Lächeln, als der kleine Mann ihm den Rücken wandte. Es war Jahre her, seit er das Wort »Computer« gehört hatte. Er musterte Gestriks kahlen, grau umzauselten Hinterkopf: Das erklärte es. In Gestriks Jugend hatte es noch so genannte »Computer« gegeben, anstelle von integrierten Haussystemen. Gisbert kannte die piepsenden grauen Kästen nur aus dem Online-Museum.
Gestrik führte ihn in den Wohnraum. »Da steht er«, erklärte er überflüssigerweise.
Gisbert sagte: »Ein CQ 7000. Ein hervorragendes System! Sie haben eine gute Wahl getroffen!«
Gisbert dachte: »Massenware. Miserable Benutzerführung. Und natürlich ohne Handbuch. Na, gut für uns, verdienen wir am Service.«
»Gute Wahl, ha!« geiferte Gestrik. »Das Ding funktioniert überhaupt nicht! Tut einfach nicht, was ich sage! Sogar simpelste Anweisungen...!«
»Vielleicht zeigen Sie mir einfach mal, was Sie meinen?«, ermunterte ihn Gisbert.
»Ich bin genau nach Anleitung vorgegangen – hier, sehen Sie?«, ereiferte sich Gestrik. Er schwenkte das bedruckte Kärtchen, das die gesamte Beschreibung darstellte, die mit dem Gerät ausgeliefert wurde.
»Sagen Sie einfach ›CQ 7000 einschalten‹ und folgen Sie den Anweisungen ihres persönlichen Assistenten«, las Gestrik vor. Das System erkannte den Schlüsselsatz und der – veraltete, zweidimensionale – Wandbildschirm leuchtete auf. Das nichtssagendfreundliche Gesicht des virtuellen Assistenten erschien.
»Guten Tag, Herr...« Pause. Gestrik hatte offenbar seinen Namen noch nicht registrieren lassen. »Willkommen bei CQ 7000, dem

fantastischen Home-Entertainment-System! Nennen Sie Ihre Wünsche!«

»Jetzt passen Sie mal auf!« Gestrik warf Neurer einen triumphierenden Blick zu.

»Nachrichten!«, bellte er, überlaut, in Richtung auf das Gerät. Auf dem Schirm erschien das Wort als Einblendung. »Da, sehen Sie? Er versteht's, aber er tut es einfach nicht!«

»Alles klar.« Gisbert gestattete sich ein leichtes Lächeln. »Herr Gestrik, lassen Sie mich raten: Das ist das erste Mal, dass Sie mit einem stimmgesteuerten System umgehen, habe ich recht?«

»Neumodischer Schnickschnack! Ich wollte es ja gar nicht haben! Ich war mit meinem alten völlig zufrieden!«, wetterte Gestrik.

»Ja, Herr Gestrik, dann ist alles klar. Sehen Sie, bei einem stimmgesteuerten System ist die Gefahr groß, dass irgendetwas, dass Sie sagen, irrtümlich als Befehl missverstanden wird. Wenn Ihnen zum Beispiel beim Anschauen Ihrer Urlaubsbilder etwas einfällt und Sie sagen: ›Ich muss die Fotos von der Messe noch an Dr. Meier schicken‹, dann könnte das System das falsch interpretieren und ihre Urlaubsbilder an Ihren Chef senden. Das wollen Sie doch nicht, oder?«

»Ich habe keinen Chef, ich bin doch längst im Ruhestand...«, antwortete Gestrik irritiert.

»Nur ein Beispiel. Worauf ich hinaus will: Wenn Sie einen Befehl gegeben haben, müssen Sie ein Schlüsselwort gebrauchen, das dem System anzeigt, dass die Befehlseingabe abgeschlossen ist und die Anweisungen jetzt ausgeführt werden sollen.« Er überlegte einen Moment – wie war das noch bei den alten Geräten? Ach ja: »So, wie sie früher die Enter-Taste gedrückt haben!«

»Ach so! Aber das muss einem doch gesagt werden!«, grantelte Gestrik. »Was muss ich denn sagen? Eingabe? Ausführung?«

»Nein, Herr Gestrik. Um jede Verwechslung auszuschließen, hat sich der Hersteller für ein veraltetes Wort entschieden, das im modernen Wortschatz nicht mehr vorkommt. Verstehen Sie? Niemand verwendet dieses Wort im normalen Sprachgebrauch, deshalb ist es geeignet...«

»Ja-ja-ja-ja! Aber wie heißt das Wort denn nun?«

»Am besten ich demonstriere es Ihnen einmal.« Gisbert wandte sich dem Bildschirm zu und sagte munter:

»Die Nachrichten – bitte!«

Ingrid Leibhammer
Verstehen?

»Sie trinkt so gern Cappuccino.«
Woher, zum Teufel, konnte die Pflegerin das wissen?
Sie blickte hinüber zum Bett. Am Wohnzimmerfenster, damit sie die Natur beobachten konnte, die Singvögel an der Tränke, die rote Katze, die Rhododendron-Blüten in lila und rosa, das Rasengrün. Jedoch wanderte ihr Blick nie von selbst nach draußen, nur wenn ein Finger hinausdeutete: da schau mal... Zuweilen irrte ihr Blick, erkannte nicht, was sie 25 Jahre lang gesehen hatte. Zu anderen Zeiten lächelte sie, guter Dinge würde sie vergnügt den neuen Tag beginnen.

»Was möchtest du trinken?« – » ------« – »Möchtest du Milch oder Kaffe oder Tee?« – »Ja«, ein Nicken, ein Hauch. ›Mädchen, stell deine Fragen so, dass sie sie beantworten kann‹, schalt sie sich selbst. Sie holte eine Tüte Milch, die Kaffeedose und einen Teebeutel aus der Küche.

Aha, der Kaffee.

»Kannst du schreiben? Dann schreib's mir doch auf, ja ?« – » Ja, ja.« Was für eine blöde Frage, sagte ihr Blick. Ich bin doch kein Analphabet. Die Kranke schrieb sicher, mit einem Lächeln. Die Tochter studierte die wenigen Wörter. Nur einzelne Buchstaben stimmten. ›Was willst du mir sagen?‹

Sie lächelte, wenn ein lächelndes Gesicht vor ihr war. Sie lachte, wenn sie ein Lachen hörte. Sie weinte nicht, wenn jemand an ihrem Bett saß und die Tränen flossen, nur die Augen wurden feucht. Eine freundliche Stimmlage hellte ihr Gesicht auf.

Manchmal trübte der Schmerz ihre Augen, sie stöhnte. ›Wo tut's denn weh?‹ Kein Fingerzeig, keine Geste, nur Stöhnen. Wenigstens das. Abtasten, da wo das Stöhnen stärker wird, da sitzt der Schmerz. Manchmal auch nicht. »Kannst du denn nicht drauf zeigen?« » ------« ›Was hat sie nur?‹

Ein stechender Blick. Den kannte sie von früher, als sie noch ein kleines Mädchen war. Das bedeutete Ärger oder Wut. Sie fühlte sich jetzt oft so hilflos wie damals.

Sie trat vom hell beleuchteten Flur ins Wohnzimmer. Stoppte abrupt an der Tür, tastete nach dem Lichtschalter. Die Rollläden waren dicht geschlossen, das war »sicherer«. Der Fernseher dunkel, der Vater im Sessel davor, die Mutter im Pflegebett, hellwach. Ihr Gesicht voller Besorgnis. Die Augen sprachen von Angst. Ihr Blick deutete auf ihn. Er hatte die Welt ausgeblendet, keine Brille, kein Hörgerät, kein Licht. Er wollte es nicht ertragen.

»So spitz um die Nase«, hatte die Pflegerin gesagt. »Soll sie ins Krankenhaus?«, hatte sie den Arzt gefragt. »Das bleibt Ihnen überlassen.«

Barko Bartkowski
Ein anständiger Mensch

Der alte Mann stand am Fenster und spähte in den Hof. In der Hand hielt er einen vollen Müllbeutel, sorgfältig verschnürt.

Dunkle Gestalten lungerten in der Einfahrt herum. Herr Fink beobachtete sie schon eine ganze Weile, und seine Unsicherheit wuchs. Sollte er nicht einfach...?

Wenn sie sich wieder über ihn lustig machten, ihn anpöbelten... Aber er durfte doch nicht zulassen, dass diese Strolche ihn von seinem eigenen Hinterhof fernhielten!

Zwischen den schmalen Silhouetten der Jugendlichen erschien jetzt eine rundliche Gestalt – Bierbaum! Er redete mit weit ausholenden Armbewegungen auf die Gruppe ein. Fink seufzte erleichtert, als er sah, wie sich die Halbwüchsigen daraufhin in Bewegung setzten und lässig davonschlenderten.

Bierbaum marschierte jetzt auf den Hauseingang zu. Fink machte sich hastig auf den Weg ins Treppenhaus. Er kam gerade zurecht, als sich die Haustür öffnete:

»Guten Tag, Herr Bierbaum! Machen Sie Mittagspause?«

»Ja, der Mensch muss schließlich essen! Guten Tag, Herr Fink!« Er wandte sich den Briefkästen zu und holte seine Post hervor, während der alte Mann mit seinem Müll nach draußen wieselte.

»Ich hab' Sie lange nicht mehr gesehen«, bemerkte Bierbaum, als Fink wieder herein kam. »Ich dachte schon, Sie wären krank...«

»Nein, nein, Herr Bierbaum, alles in Ordnung. Ich gehe nur in letzter Zeit nicht mehr so oft vor die Tür. Man weiß ja heutzutage nie, wem man auf der Straße begegnet – oder sogar hier im Haus.«

Wie aufs Stichwort flog die Tür auf. Eine Horde Kinder aller Schattierungen stürmte mit lautem Geschrei an ihnen vorbei und die Treppe hinauf.

»Verdammte Bande! Könnt ihr euch nicht manierlich benehmen?!«, rief Fink ihnen nach.

»Na, na, Herr Nachbar, nun seien Sie mal nicht so! Kinder sind eben Kinder!«

»Aber schauen Sie sich diese Bande doch mal an! Den ganzen Tag rennen sie nur rein und raus und krakeelen herum. Keine Erziehung! Früher war das hier mal ein anständiges Haus. Aber die Eltern – die kümmern sich doch um nichts! Und die Älteren – die ganze Zeit lungern sie nur auf der Straße herum! Haben die denn nichts zu tun?«

»Sie wissen doch, wie schwer es ist, Arbeit zu finden...«

»Als wenn die an Arbeit interessiert wären! Und überhaupt, was können die denn schon? Ziegen hüten vielleicht! So was brauchen wir hier nicht!«

Er verstummte abrupt, als die Tür erneut aufging und eine Frau mit Einkaufstaschen den Hausflur betrat. »Gute Tagg!«, grüßte sie freundlich und schenkte den Männern ein strahlendes Lächeln.

»Guten Tag, Frau Shukelu!«, grüßte Bierbaum zurück, während sich Fink ein knappes Nicken abrang und sich dann seinem Briefkasten zuwandte. Er war leer.

Bierbaum verstaute seine Post in der Jackentasche. »Also, auf bald, Herr Fink! Sie sollten nicht immer alles so schwarz sehen!«

Er lachte dröhnend über seinen Scherz und machte sich auf den Weg in den dritten Stock. »Warten Sie, Frau Shukelu, ich helfe ihnen mit den Taschen!«

Fink verzog das Gesicht. Missmutig stapfte er die Treppe hinauf zu seiner Wohnung. Er schloss die Tür zweimal hinter sich ab.

* * *

Anderntags lagen Hof und Hausflur wie ausgestorben, als Fink sich aufmachte, seine Einkäufe zu erledigen. Er hatte eben die Wohnungstür geöffnet, als er hastige Schritte hörte. Ein kleines Mädchen kam die Treppen herunter gelaufen, stutzte kurz, als es ihn sah, und rannte dann weiter an ihm vorbei in Richtung Hof. Fink verschloss gerade seine Tür, als er einen dumpfen Schlag hörte. Einen Moment lang war Stille, dann setzte lautes Heulen ein. Der alte Mann blickte die Treppe herunter und sah das Mädchen auf dem Boden liegen.

»Ja, das kommt davon!«, bemerkte er nicht ohne Genugtuung. »Wie oft habe ich euch gesagt...« Dann sah er das Blut. Erschrocken hastete er die Stufen hinunter.

»Was ist denn passiert?« Er beugte sich über das kleine Mädchen. »Lass mich mal sehen...«

Das Kind heulte noch lauter und wich vor ihm zurück. »Hab doch keine Angst«, murmelte Fink betroffen. »Ich will dir doch nur helfen!« Es gelang ihm, dem Mädchen den Arm vom Gesicht zu ziehen. Das Blut lief ihr in Strömen aus der Nase. Ober- und Unterlippe waren auch aufgeplatzt.

Er richtete sich auf und sah sich hilflos im leeren Treppenhaus um. Kurz überlegte er, ob er rufen sollte, aber wenn das Geschrei der Kleinen noch niemanden aus seiner Wohnung hervorgelockt hatte, dann war auch keiner da. Er fasste einen Entschluss.

»Wir gehen jetzt zum Doktor!«, erklärte er dem Mädchen, das ihn verständnislos anstarrte. »Onkel Doktor! Verstehst du?« Er hob das Kind auf seine Arme. Einen Moment lang sträubte es sich, doch dann schlang es die Ärmchen um seinen Hals und presste sich an ihn. Fink spürte, wie Blut und Tränen seinen Hals hinab rannen. Das Hemd ist ruiniert, dachte er.

Als er aus dem Torbogen auf die Straße trat, sah er sich vorsichtig um. Wenn er jetzt jemandem begegnete... mit dem blutenden Kind auf dem Arm... was würden die Leute denken? Würden sie glauben... würden sie ihm am Ende die Schuld geben?

Der Weg einen Häuserblock weit zur Arztpraxis war ein Spießrutenlauf. Fink fühlte, wie ihn alle anstarrten, die Kinder, die alten Männer in einem Hauseingang, die Frauen mit den Kopftüchern. Aber niemand sprach ihn an.

Er erreichte die Praxis und drängelte sich an der Schlange vorbei nach vorn. »Lassen Sie mich bitte durch... Ein Notfall...«

Eine Arzthelferin kam aus einem der Sprechzimmer und erfasste sofort die Situation. »Mein Gott! Schnell, geben Sie mir die Kleine! – Herr Doktor!« Sie verschwand wieder im Arztzimmer.

Fink wandte sich zögernd ab.

»Hallo, warten Sie!« Eine andere Helferin winkte mit einem Formular. »Ich brauche noch ein paar Angaben von Ihnen.«

»Ich habe eigentlich gar nichts mit der Sache zu tun...
Ich habe das Mädchen nur im Treppenhaus gefunden...«

»Welche Adresse? Wissen Sie, wie die Kleine heißt?«

»Ich glaube, sie gehört zu der Schwa... zu der Frau im dritten Stock.«

»Das Haus an der Ecke? Frau Shukelu vielleicht?«

»Ja, ich glaube, so heißt sie.«

Ihre Kollegin tauchte wieder aus dem Sprechzimmer auf.

»Alles halb so schlimm«, wandte sie sich an Fink. »Wenn Sie zehn Minuten warten, können sie die Kleine gleich wieder mitnehmen.«

Fink hob abwehrend die Hände. »Hören Sie, ich habe mit diesen Leuten nichts zu schaffen. Ich kenne sie eigentlich gar nicht! Ich will mich da nicht in irgendwas reinziehen lassen...«

Die Helferin musterte ihn verblüfft. »Dann verstehe ich nicht... Wieso haben denn *Sie* die Kleine dann hergebracht?«

»Es war ja sonst niemand da! Da muss man halt... Ich meine, man ist doch schließlich ein anständiger Mensch!«

Er nickte der jungen Frau noch einmal bekräftigend zu und verließ hastig die Praxis.

* * *

Fink spähte misstrauisch durch den Türspion. Es schellte erneut, aber er zögerte. Wenn er einfach nicht aufmachte... vielleicht ging sie dann wieder weg...

Beim vierten Klingeln öffnete er schließlich die Tür. Frau Shukelu strahlte ihn an und überfiel ihn mit einem Wortschwall. Fink verstand kaum einen Ton von dem, was sie in einer Mischung aus Französisch und gebrochenem Deutsch hervorsprudelte, aber es war offensichtlich, dass sie sich bei ihm bedanken wollte. Am liebsten hätte er sich in seine Wohnung zurückgezogen und die Tür vor dieser aufdringlichen Person verschlossen, aber er hatte Angst, dass sie ihm womöglich noch folgen könnte. So hielt er stand, murmelte Unverbindliches und ertrug sogar, dass sie seinen Arm ergriff und ihm ein in Alufolie gewickeltes Paket in die Hände drückte.

Endlich ging sie. Der alte Mann atmete auf. Ich hätte nach der Kleinen fragen sollen, fiel ihm ein. Er beschloss, das nachzuholen, wenn er Frau Shukelu das nächste Mal begegnete.

Er ging in die Küche und öffnete das Paket. Es enthielt einen Kuchen, offenbar selbstgebacken. Er sah recht appetitlich aus. »Eigentlich schade«, dachte Fink, als er ihn in den Mülleimer warf. »Aber die hygienischen Verhältnisse... man kennt das ja!«

Dann holte er den Kuchen wieder heraus. Wenn sie ihr Geschenk im Müll fänden...

»Diese Leute sind ja so leicht beleidigt... da sollte man lieber nichts riskieren!«, murmelte Fink, während er den Kuchen zerkrümelte und im Klo fortspülte.

Schmunzeliges

Herwig Haupt
Wieder Lust auf ein Bier

Seltsam, wie schnell sich das ändert. Eben noch gelobte ich, nie mehr in meinem Leben etwas zu trinken – und jetzt...

Hunde sind zu beneiden. So viele Bäume stehen am Straßenrand und ich darf nicht. »Die Hölle, das sind die anderen«, sagt Sartre. Wenn's nur Hunde wären – aber die Stadt ist voller Passanten, also weiter die Straße entlang.

An der nächsten Haustür klingeln? »Entschuldigen Sie, ich muss mal, darf ich eben bei Ihnen...« – Es gibt zu viele Lumpen auf der Welt, die das als Trick anwenden – und wenn dann einer die Polizei...?

Berufsbildende Schule. Notfalls geh ich noch als verspätet Lernender durch in den langen Gängen auf der Suche nach einer Tür mit Männchen. Aber da, der Glaskasten. Satanisches Hausmeistergrinsen. An dem vorbei? Es treibt mich fort.

Kirche mit Zentrum für Gläubige. Wo man sich versammelt und Kaffee trinkt, da gibt es stets Bedürfnisse, also auch Toiletten. Doch heute ist Montag und kein Publikumsverkehr, nur der Kindergarten daneben – besser nicht.

Rettender Wegweiser: »Zum Bahnhof 50 Meter«. Noch rechtzeitig angekommen. Die Glastür geöffnet. In der Vorhalle zwar kein Hinweisschild, aber ein viel versprechender Eingang zur Bahnhofsgaststätte. Toilette gleich vorne links – leider verschlossen. »Nur für Gäste« steht dran. O Wonne hier zu Gast zu sein! Am Tresen« stehen fünf Gäste Schlange. Wollen die alle vor mir rein? – Ich renne am Bahndamm entlang.

Nach der Unterführung zeigt sich die Stadtmauer. Da war doch früher was. Richtig, nach vier Minuten das ersehnte Schild, grüne, schön geschwungene Buchstaben: »WC« und darunter in Schwarz die einladenden Erläuterungen der Stadtverwaltung. Aber vergittert und verschlossen. Wohl dem, der hinter Gittern leben darf. Nun lese ich das Kleingedruckte neben dem abgeknickten Pfeil: »100 m durch die Mauer, im Rathaus«. Leicht übertrieben, aber doch einfühlsam, was den Druck betrifft.

Da ist ja schon das Rathaus. Achtung, eine Glasscheibe – geschickt weicht sie zur Seite, vernünftig von ihr. Der Pförtner zeigt gutmütig nach links – noch eine Glastür, aber dahinter das markante Männlein, das einlädt in ein bedürfnisgerechtes Luxuskabinett, sogar mit Seife.

Also, jetzt hab ich doch wirklich schon wieder Lust auf ein Bier.

Ingrid Leibhammer
Sardinenformat

Meine Damen und Herren, wir freuen uns, dass sie heute mit uns in die kostbarsten Wochen des Jahres starten.

Wir möchten Sie nun bitten, Ihre Ellbogen ruhig und dicht am Körper zu halten, um Ihrem Sitznachbarn die aufrechte Sitzposition zu ermöglichen, und spitze Schreie zu vermeiden. Genießen Sie die Wärme der Schenkelberührung und die intensiven Düfte, die zu Ihnen herüberwehen. Im Interesse Ihrer eigenen Gesundheit ist das Rauchen nirgendwo in diesem Luxusflieger gestattet. Um Ihnen ein bisschen Raum für Zehenbewegungen zu lassen, verstauen Sie Ihre persönlichen Mitbringsel in den Fächern über Ihren Köpfen. Denken Sie daran, dass Sie während der gesamten Flugzeit keine Gelegenheit haben werden, aufzustehen und etwa Ihre Lesebrille daraus zu entnehmen. Die Tischchen vor Ihnen lassen Ihnen eine sanfte Bauchmassage zukommen, sobald Sie sie herunterklappen. Um Verkrampfungen zu vermeiden, werden wir Sie alle halbe Stunde bitten, Ihre Sitzposition radikal zu ändern. Auf mein Kommando nehmen Sie die jeweils andere Schulter nach vorne und belasten die andere Pobacke.... also: Alle rechten Schultern zeigen jetzt nach vorne, später wird Ihre linke Seite nach vorne schauen. Die Bewegung wird Ihrer Rückenmuskulatur gut tun.

Meine Damen und Herren, hier spricht Ihre Purserette. Um Ihnen die Unannehmlichkeiten der Besteckhandhabung zu ersparen, was wegen unserer bewährten Sardinensitzweise recht schwierig ist, werden wir Ihnen unser Convenience-Menü servieren. In Kürze werden über Ihren Sitzen Schläuche aus der Decke fallen. Ziehen Sie das Mundstück zu sich heran, entfernen Sie die sterile Kappe und schließen Sie Ihre Lippen fest um die Tülle. Achten Sie auf locker sitzende Zähne, sie könnten beim Schlucken Schwierigkeiten bereiten. Weiter brauchen Sie nichts zu tun. Ihr Reflex wird alles für Sie erledigen. Anschließend bieten unsere Designerröhren in rot, rosé und weiß eine Auswahl an edlen Getränken. Bitte achten Sie darauf, die Öffnungen auf Ihren Mund zu richten und die moussierenden Spritzer *nicht* auf die Hinterköpfe der vor Ihnen Sitzenden zu richten. Wir wünschen viel Spaß beim Verkosten.

Für diejenigen unter Ihnen, deren Geisteszustand auch nach dem Essen noch hellwach ist, bieten wir Stummfilme zur Überbrückung. Sollten Sie Wert darauf legen, den Nonsens unserer Comedy-Darbietung zu verstehen, können Sie von uns extraweiche Ohrstöpsel zum Preis von 20 Euro erwerben. Das Rumpeln beim

Aufsetzen auf der Landebahn wird Sie rechtzeitig aus Ihrem erholsamen Schlummer wecken, so dass Ihnen genügend Zeit bleibt, müßig in den Gängen zu stehen und zu plaudern, bis sich die Türen öffnen. Schieben Sie sich im Diagonalgang, Ihr Gepäck vor dem Bauch oder hinter Ihrem Rücken balancierend, von der hinteren Tür durch den Mittelgang bis ganz nach vorne. Achten Sie darauf, nicht zu sehr zu transpirieren, die Lüftung wird rapide eingestellt. Wir wünschen Ihnen eine angenehme Weiterreise und würden uns freuen, Sie auch bei Ihrem nächsten Urlaub bei uns an Bord begrüßen zu dürfen.

Susanne Schmincke
Wenn ich nicht ich wäre...

Ich wollt', ich wär', ein Huhn, dann hätt' ich nichts zu tun ...
Aber war es so schön, nichts zu tun? Oder sich den ganzen Tag
und die ganze Nacht nur mit diesem Nichts zu beschäftigen? In der
Tat bekam ich die wirklich einmalige Chance auf diese Eventualität
und verließ meinen Körper. Ich wurde ein Huhn, gack, gack. Welche
Metamorphose!

Selbstverständlich war ich ein schönes Huhn, eine samtweiche
Henne, sah aus, wie aus dem Ei gepellt. Ich hatte einen edlen
Namen, meine Rassebezeichnung war »Pfälzer Kämpfer«. Ja, auch
wir Hühnerdamen dürfen uns Kämpfer nennen, obwohl die lauten
Hähne immer an erster Stelle genannt werden. Mein Halsbehang
war rötlichbraun, in goldgelb übergehend, das Mantelgefieder und
die Flügel goldbraun mit schwarzer Rieselung, Lauf- und Schnabel-
farbe weidengrün, der Hintern knackig fest, ebenso wie die Brust,
bei leichter Kehlwamme.

Mein Nichtstun begann am Morgen im Schuppen, wenn sich die
Sonne durch die ungeputzten Scheiben hindurchquälte. Wir Mädels
reckten uns auf den Stangen, rechter Flügel hoch, linker Flügel, ab
und zu lassen wir etwas fallen, denn der Bauer soll ja für die Eier
etwas zu tun haben.

Schön war es so früh am Morgen, weil der Hahn erst Radau
machen konnte, wenn das Türchen zum Hof aufging – elektrisch!
Das war das Modernste an unserem kleinen Stall, weil die Nachbarn sich heftig beschwert hatten, dass unser Pfälzer Oberkämpfer
zu früh am Morgen gekräht hatte. Bald sorgten die Zeitschaltuhr
und ein kleiner Motor an der Klappe dafür, dass der Hahn – er hieß
Kalle – erst nach acht Uhr aus dem Stall durfte. Wir genossen die
Ruhe und legten größere Eier. Oder doch nicht?

Ich erinnere mich an diesen einen Sonntag im Mai, als es an-
scheinend nicht hell werden wollte. Regen plätscherte auf das Dach,
das Tor ging mit einem leichten Knarren auf, aber Kalle steckte nur
die Schnabelspitze nach draußen, wunderte sich, dass der Typ von
der Wettervorhersage eine so genaue Prognose abgegeben hatte,
schüttelte in Gedanken den Kopf und stapfte in die Futterecke.
Hatte ich schon gesagt, dass wir seit dem Frühjahr im Stall Radio
hörten? Unser Freizeitbauer meinte, dann bekäme er mehr Eier,
vielleicht auch musikalische Küken?

Mich plagten an diesem düsteren Morgen arge Bauchschmer-
zen. Gefressen hatte ich ganz normal. Es gab Frisches draußen im

110

Hof, die Körnermischung hatte die gleiche Zusammenstellung wie immer, aber etwas stimmte nicht. Drei Tage hatte ich nicht gelegt, aber das war ohne Bedeutung. Vielleicht kam ich ja bald in eine Art Menopause. Das mit Hormonen, Kalzium und Vitaminen angereicherte Futter ist nicht für jede Henne gleich bekömmlich! Dieser starke Druck in meinem Inneren fing langsam an, mich zu beunruhigen.

Ich trank etwas Wasser, bewegte mich im Stall auf und ab, schubste mal die anderen ein bisschen hin und her, so nach dem Motto: «Wer geht als erster hinaus in den Regen?»

Es wurde nicht besser. Mittlerweile hatte der Regen aufgehört und alle strömten nach draußen, laut begrüßt von Kalle, der eine richtige Show abzog.

Nein, mir ging es wirklich nicht gut. Allein im Stall scharrte ich mir weiches Stroh zusammen, ein bisschen Heu fand ich und polsterte damit ein warmes rundes Nest, in dem ich zusammensackte und die Augen schloss. Schöne Gedanken kamen mir. Ich träumte vom Fliegen, vom blauen Himmel und von der winzigen Welt unter mir. Weiße Wolken unterflog ich, freundlich nickte ich anderen Vögeln zu, ich segelte mit dem Luftstrom nach Süden.

Gerade als ich von Weitem einen Bussard erblickte, durchzog ein stechender Schmerz meinen Unterleib! Ich riss den Schnabel auf, gackerte so laut ich konnte, aber niemand hörte mich. Starr vor Schmerz hockte ich in meinem Nest und merkte eine Bewegung in mir. Nun war ich mir sicher: Das war ein Ei, ein Riesenei, etwas anderes konnte es gar nicht sein! Ich wackelte leicht mit dem Po, spannte alle Muskeln an und endlich! Plobb, rutschte das Ei ins Nest. Welche Erleichterung! Sofort hockte ich mich darauf, legte erschöpft den Kopf auf die Brust. So ein Ei hatte ich die ganzen Jahre nicht gelegt.

Doch was nun? Fast wäre ich gestorben vor Schmerzen, nur damit mein Besitzer sich eine Pfanne voller Rührei machen konnte? Und könnte mir dieses Unglück noch einmal passieren? Wenn das Ei gebildet ist und nicht heraus kann, sterbe ich bestimmt.

Ich war ein so unglückliches Huhn, dass ich beschloss, kein Huhn mehr zu sein! Nein, Schluss, aus, Ende mit dem Hühnerdasein!

Zu diesem Zeitpunkt legte ich von einer Sekunde zur anderen den Hennenstatus ab, stellte mich auf ein Leben ohne Picken, Scharren und Eierlegen ein und wurde... Teenager!

Meine erste Beschäftigung war eine Glanzleistung in der Küche: Ich backte zum Erstaunen meiner erziehungsgeplagten Mutter einen lockeren Biskuitkuchen mit sechs Eiern, wobei das Dicke doppelt rechnete. Dieses Ei habe ich vorsichtig ausgeblasen, mit bunten Acrylfarben bemalt und mit einem Band an die Lampe in meinem Zimmer gehängt. Wenn einer blöd fragt, ob bei mir das ganze Jahr Ostern wäre, zeige ich ihm lächelnd meine Brackets und sage: »Ich wollt' ich wär' ein Huhn...«

Herwig Haupt
Immer diese Brockenhexen

zwei anmachehexen vom brocken
die wollten ins unheil mich locken
doch bannte ich sie
mit meiner magie
jetzt waschen sie mir meine socken

es flogen zwei hexen aus bayern
zum brocken walpurgisnacht feiern
doch weil man das schwarze
nicht liebt dort im harze
bewarfen wir flugs sie mit eiern

beim tanze im krausbunten reigen
gibt's hexen die ganz nackt sich zeigen
von all dem gerocke
und brockengebocke
muss leider ich sittsam hier schweigen

sähst du was ich sah dort am brocken
jäh täte der atem dir stocken
's gibt keine toiletten
drum tun sich die fetten
madams rund im kreise hinhocken

beim flirten mit hexlein am brocken
geriet mein humor viel zu trocken
ich konnte nicht landen
blieb ganz unverstanden
und machte mich rasch auf die socken

einst kam so ein reizendes wesen
geritten zu mir auf dem besen
ließ fallen die hülle
ich suchte die brille
sie schwand – na das wars dann gewesen

ein hexchen mit wallenden locken
verfing im geäst sich am brocken
ich schnippelte munter
vom baum sie herunter
bereit mich bei ihr anzudocken

mein hexchen begann mich zu zwacken
in arme und schultern und backen
doch weil dieses spiel
mir schließlich missfiel
sprach ich ich muss gehn ich muss...
    kurz mal auf der Wanderkarte was nachgucken

der sepp auf der alm hütet ziegen
da sieht er ein hexerl herfliegen
doch's gab da koa sünd
er war impotünt
so kamen sie um ihr vergnügen

und fliegst du mal über den brocken
                – den brucken
                    – den brücken
versäum nicht hinunterzuspocken
                – zu spucken
                    – zu spücken
die hexe die's trifft
wird davon bekifft
und wird dich erotisch beglocken
                – beglucken
                  – beglücken

Ingrid Leibhammer
Genussradeln

Übermorgen soll die erste Tour starten nach dem Winter. Schon drei Mal habe ich geübt auf dem Hometrainer!
Ich bin sicher, dass ich ein Fahrrad besitze. Letzten Sommer hat es mich noch getragen.
Die Durchsuchung des Kellers scheucht nur Spinnen auf, nichts Radähnliches. Geklaut, vermute ich. »So eine Gurke klaut niemand«, informiert mich mein Sohn. »Es könnte höchstens sein, dass Papa es zum Sperrmüll gestellt hat.« Ich stehe unter Schock. Es war das erste Modell nach dem bewährten Hollandrad! »Heute gibt's Tourenräder, Trekkingräder, High-Tech-Bikes, Mountainbikes, Citybikes, Rennräder, Liegeräder«, belehrt er mich. »Dein Modell ist total out!« Wenn's im Keller nicht ist, kann es eigentlich nur noch im Schuppen hausen, vermute ich. Beim Durchforsten der Blumenkästen, Gartenmöbel und Zeltplanen entdecke ich es. Es hat sich bescheiden im hintersten Winkel verkrochen. Die Speichen sind umwoben von silbrigen Fäden, der Sattel überpudert, und es steht auf flachen Schlappen, labbrig wie angepiekste Luftballons. Der Fahrradmechaniker sieht mich an, als hätte ich selbst monatelang im Schuppen gewohnt, und empfiehlt mir, es mit Petunien geschmückt im Vorgarten zu deponieren. Dieser Banause! Trotzdem lasse ich mir von ihm die Reifen flicken.
Die Strecke ist asphaltiert, eben, ohne Autoverkehr, führt durch blumengetüpfelte Wiesen und an duftenden Feldern vorbei. Surrend radle ich dahin, vom breiten Sattel samt Federung gewiegt, und grüße lächelnd die Entgegenkommenden. Die sehen irgendwie verbissen aus, haben so rote Gesichter. Wie man mir geraten hat, habe ich vorher Sattelsitzen geübt, mit ein wenig Einrütteln, Knie nach vorn und nicht breitbeinig nach außen. Auch beim Sport strebt die Dame nach Eleganz. Mein Bandscheibenrad erlaubt mir sogar die aufrechte Haltung.
Ein Sirren nähert sich rapide von hinten, wusch, schon sind die drei vorbei. Die bunten Hinterteile winken freundlich. Ich meine still zu stehen und wirkungslos in der Luft zu strampeln. Ich bin nicht neidisch!! Lass sie rasen, die werden's schon noch merken...
Man hat mir befohlen, einen Helm zu tragen. Das sehe ich ein. Unbedingt. Ich erinnere mich an das rot-weiße Innere der zerplatzten Wassermelone, die der Polizist zur Demonstration für die Kinder auf den Asphalt geworfen hat. Und lasse es dann doch, weil ich mir

meine Würde bewahren will, statt einen lila-gelben Dutt auf dem Kopf zu tragen. Außerdem liebe ich das Marlboro-Gefühl im Haar.

Nachbars Junior hat mir Pappestückchen zwischen die Speichen geklemmt; dieser Trick verleihe mir den satten Harleysound, verriet er mir.

Und vor Dehydrierung wurde ich gewarnt. Flüssigkeitsverluste sofort wieder auffüllen! Diesen Rat finde ich gut. Meine seltsam kniesteife Gangart lässt mich auf den Stuhl im Biergarten plumpsen, so etwa für ein Stündchen.

Der Rückweg zieht sich wie Kaugummi. Ich fixiere den entferntesten Punkt, bevor es um die Kurve geht, und rede mir gut zu: und noch ein bisschen, das schaffst du, treten uund treten uuund treten, jetzt hast du schon ein Drittel, atmen, nicht hecheln, ruhig durchatmen, bloß nichts sagen, trotzdem schön weit den Mund auf. Japsen im Radlerasthma? Zaubermittelchen besitze ich nicht, die sind mir zu teuer. Die Schweißtropfen muss ich mir von der Stirn wischen, sonst überfluten sie die Barrikaden der Augenbrauen und nehmen mir brennend die Sicht. Und immer schön treten, und rechts und rechts und links und links. Die Tomatenfarbe im Gesicht gibt sich schon wieder, später. Und tapfer lächeln, wenn jemand entgegenkommt. Es geht doch gar nicht bergauf hier. Ich schaue mich um, wer, zum Teufel, mich denn da hinten am Gepäckträger festhält. Es fühlt sich an, als hätte ich vergessen, die Handbremse zu lösen. Der Wind hat aufgefrischt, und wer den gegen sich hat...

Wieso hab ich mich bloß darauf eingelassen?! Wie angenehm weich und windstill ist mein Bürosessel am Computer.

Barko Bartkowski
Konsequenz

Altsprachliches Gymnasium. Griechisch-Unterricht. Der Lehrer prüft Vokabeln und geht zu diesem Behufe mit geladenem Zeigefinger durch die Reihen, das Textbuch in der Hand, um seine Fragen auf die wehrlosen Schüler abzuschießen:

»Was bedeutet... ›gyps‹?!«

Der aus der Schar herausgespießte Schüler zuckt zunächst zurück, runzelt dann die Stirn und entscheidet sich schließlich für:

»Ziege?«

»Ja, Kreisler, wieder mal nicht gelernt, wie? Überlegen Sie doch noch einmal: ›gyps‹, Genitiv ›gypós‹!«

Kreisler überlegt noch einmal – kommt zu dem Schluss, dass ihn der Lehrer wahrscheinlich hereinlegen will, und wiederholt hartnäckig: »Ziege.«

»Kreisler, Sie sind ein Nagel zu meinem Sarg! Sie meinen nicht, dass ›gyps‹ vielleicht... Geier bedeuten könnte?«

Kreisler, stur: »Ziege!«

»Sie Ignorant, Sie armseliger! Was fällt Ihnen denn ein? Wollen Sie mich mit Gewalt auf die Palme bringen?«

Der Lehrer beginnt wild im Textbuch zu blättern, findet den gesuchten Abschnitt, stößt das Buch dem Schüler hin: »Hier, da! Übersetzen Sie mir diese Stelle da!«

Kreisler bricht der Schweiß aus. Er räuspert sich mehrmals, kratzt sich am Kopf und beginnt schließlich mühsam:

»Ja, also, der Held – heros, das ist der Held – äh, cheire, die Hand, äh, mit der Hand, nein, mit den Händen...«

Dem Lehrer wird das Gestotter zuviel.

»Schluss jetzt! Sie fertigen mir eine schriftliche Übersetzung bis zur nächsten Stunde!«

* * *

Die nächste Stunde kommt nur allzu bald. Der Lehrer stürzt sich sofort auf den armen Kreisler:

»Nun, haben Sie Ihre Übersetzung? Gut! Stehen Sie auf! Tragen Sie vor!«

Und Kreisler erhebt sich – bleich, aber ungebrochen – und liest:

»Als der Held in die Hände klatschte,... flog die Ziege von dem Kadaver auf!«

Herwig Haupt
Ein grauenvoller Abend

Der Fanfarenstoß riss sie unbarmherzig weg von ihren Mutter-
pflichten. Höchste Eile. Im Laufen zog Marietta die Perücke fest.
»Und nun unsere Glanznummer!«, bellte der Ansager ins Mikrofon.
»Meine Kleine!«, durchfuhr es sie, »meine Kleine! – Alles in
Scherben...«
In die Manege stolpern als keifendes altes Weib, den verlotterten Trunkenbold vor sich hertreibend, der ihr den Hut vom Kopf
schoss – ein Messer nach ihm werfen, das er blitzschnell auffing,
dicht vor seiner Stirn, um sie damit zu skalpieren – Verwandlung in
eine spritzige Papagena, die ihm eine Nase drehte, als er aus fünf
Metern Entfernung das Messer... – haha, daneben! – so weit lief
alles gut, wie immer.
Bloß nicht zittern! Nichts anmerken lassen! Vor allem Gaston
durfte nicht verunsichert werden durch einen starren Blick oder
nervöse Gesten. Lächeln musste sie. Strahlen. Sie strahlte das
Publikum an, während es in ihr nagte: Er wird mich hassen...
Jetzt bot sie sich vor der runden weißen Scheibe dar, in ihrer
ganzen Anmut – 19 Jahre, dunkle Locken, braune Schultern –
flehend ins grelle Licht irrende Augen, warm, voll Vertrauen zu
ihrem Partner Gaston, dem »schwarzen Bruder des Todes.«
Die Musik brach jäh ab. Das Publikum verstummte. Die Messer
flogen – plopp – plopp – aus den Lautsprechern unheimlich unter-
malt – rahmten sie ein... »Der Verbandkasten ist greifbar«, tröstete
sie sich und lächelte weiter.
Applaus. Hüpfen wie eine Gazelle. Verbeugen. Lächeln! Dann
das Festschnallen auf der Scheibe – Rotation – wieder plopp –
plopp... – im violett-schummrigen Licht Leichenblässe auf allen
Gesichtern... »Im Erste-Hilfe-Kurs hat Gaston auch gelernt, Blut zu
stillen...« Wenn es doch bloß bald vorbei wäre!
Schließlich stand sie zwischen den Luftballons und spürte, wie
sich ihre Knie selbständig machen wollten. Muskeln anspannen –
aber nicht zu sehr. Peng – peng – die Zuschauer gerieten außer sich
und sie dachte verzweifelt an ihr Kind. »Manchmal ist sie schon
rausgeklettert...«
Nur noch die Zigarette. Totenstille. Peng! – schon mit dem ersten Schuss... Der erlösende Tusch. Riesenapplaus. Leichtfüßig auf
Gaston hinschweben, Kusshändchen nach links – nach rechts.
Eigentlich sollte er sie ja nun lässig auf einem Arm hinaus-
tragen, aber sie sprang ihm davon, rannte wie von Löwen gehetzt

zwischen den Wohnwagen durch die Finsternis, riss die Tür ihrer Behausung auf und – stöhnte erleichtert. Da lag sie, die Kleine, und lächelte im Schlaf.

»Vorsicht, Gaston, hier liegen überall Scherben. Das hässliche Goldfischglas, das uns Jessica, die blöde Kuh, bei ihrer Abreise reingestellt hat, hab ich beim Ankleiden runtergewischt. Keine Zeit mehr gehabt – die Vorstellung – und wenn sie nun aus dem Bettchen gestiegen –«

»Darum warst du eben so ängstlich?« – er streichelte sie – »und ich dachte schon, du zweifelst an meiner Treffsicherheit.«

Ingrid Leibhammer
Dreißig

Als Repräsentantin der »Come in and find out«-Kette (»komm rein und finde wieder hinaus«, ist die gängige Interpretation) verkehre ich in den besten Häusern. Während ich auf mein Beratungsgespräch wartete, fiel mir die gepflegte Fünfzigerin auf, die auch bei uns Kundin war.

Die dunkelhaarige Frau mit dem grau angehauchten Haaransatz schien verwundert. »Ist es einer Wellness-Beraterin nicht egal, was sie macht? Hauptsache, sie kriegt dafür Geld?« »Manchen schon, anderen nicht.« »Und zu welcher Sorte gehören Sie?« »Zu der schlimmsten Sorte«, hätte die Chefin fast geantwortet. »Aber nein, Gnädigste, wir würden niemals etwas tun, was der Kundin schaden könnte. Alle unsere Ingredienzien sind wissenschaftlich überprüft und völlig sicher.« Die Rezeption mit dem dezenten Duft von Limonen und der Theke aus rosigem Carrara Marmor flößte Vertrauen ein. Und Optimismus durch die Farbenpracht des riesigen Blumenarrangements. Eine Kristallschale mit edlem Konfekt erlaubte eine kleine Sünde.

Die glutäugige Hexe mit den roten Apfelbäckchen kicherte sich ins Fäustchen. Das Bad hatte sie ihr recht schmackhaft gemacht. Hihihi.

Da Pferde-Urin die Haut so unglaublich weich wie Pfirsichflaum macht, räkelte sich Frau von Hohenfeuer nun im warmen Bad. Nicht in Milch und Honig, das wäre zu alltäglich, außerdem oldfashioned. Das hatte Kleopatra ja schon probiert. Ihre Kundin bestand auf dem Exclusiven. Dafür würde sie dem ergrauten Herrn, der sie begleitete, das letzte Hemd ausziehen. Den Porsche durfte er weiterhin fahren. Zur Stärkung und Sublimierung.

Frau von Hohenfeuer wollte jung, fit, schön und faltenfrei sein und ihren dreißigsten Geburtstag auch in vierzig Jahren noch feiern. Die Wachstumshormone hatten ihr nichts gebracht. Aber die Hormontherapie, o la la... Die jungen Masseure fürchteten sie. Kopulation hält Ameisenköniginnen jung, das hatte die Wissenschaft festgestellt.

»Sie werden mir meine Wünsche doch nicht abschlagen, nicht wahr? Hier, diese hässlichen Falten müssen geglättet werden und meine Lippen sind viel zu schmal. Ich sehe ja aus, als würde ich mir ständig etwas verkneifen. Das muss geändert werden!«. Die besten Ärzte schnitten ihr die Falten heraus und spritzten ihr Gift in die Lippen. Daraufhin trug sie ständig ein steif gestärktes

Lächeln im Gesicht und ihre Lippen verführten dazu, in sie hineinpieksen zu wollen. Ein bisschen tiefer war es noch verlockender.

»Meine liebe verehrte Frau von Hohenfeuer, wir haben eine ganz neue Methode anzubieten, ihr Erscheinungsbild jung und knackig zu modifizieren. Es macht gar keinen großen Aufwand. Sie brauchen sich nicht mit Dr. Strunz-Diät oder Buchinger-Fasten oder chinesischer Gymnastik zu quälen. Allerdings ist es nicht ganz billig... Etwa 220.000 alles in allem, inclusive einer Gucci-Handtasche und einer Forever-Young-Modeberatung hinterher. Ihr Herr Gatte will doch sicher eine junge Schönheit an seiner Seite wissen. Und das könnten Sie sein, auch in 30 Jahren noch. Sie sind sogar eine der Ersten, der wir dieses Angebot machen können.«

Die Hexe mischte ihren Zaubertrank, versüßte ihn mit etwas Irish Cream Whisky und Akazienhonig, und Frau von Hohenfeuer kippte ihn voller Vorfreude auf ex.

Vor ein paar Tagen hörte ich, dass Frau von Hohenfeuer nun in der Seniorenkrabbelgruppe besucht werden kann, es ist die mit den bunten Ringelsöckchen.

Herwig Haupt
Der Wassertrinker

Du bist wiedergekommen. Ich hab dich gleich erkannt an deinem Hundeblick und der Art, wie du den Kopf hebst, wenn du angesprochen wirst.

Wie oft haben wir uns an der Theke das nächste Leben ausgemalt: als Adler über die Gipfel gleiten, als Delfine Meere erforschen, vielleicht Eichhörnchen sein, wenn die Haselnüsse reif sind, oder Hammel unter vielen, vielen Schafen... Wenn schon Hund, dann Bernhardiner, hast du gesagt, oder Dobermann, Neufundländer...

Irgend so eine Mischung ist dabei rausgekommen. Schwarz und zottelig warst du schon immer, aber deine Halbglatze hast du nicht mehr. Siehst gut aus.

Schön, dass du mich gefunden hast, hier, wo ich's mir in der Sommerhitze vor dem Haus gemütlich gemacht habe, die Füße im kalten Wasser, den Bierkasten neben mir und zwei Flaschen Korn, beste Qualität. Musst du auch mal probieren. Mach's Maul auf – na, willst wohl nicht? – Hast du doch immer gemocht. Gut, geb ich dir erst mal einen Schluck Bier.

Warum sträubst du dich denn? Ist doch unsere Lieblingssorte. Weißt du nicht mehr, der Abend vor deinem Unfall, Mensch, was haben wir da noch gebechert. Und du hattest den Autoschlüssel stecken lassen, deshalb konnte ich dich nicht an der Heimfahrt hindern. Traurig, deine Beerdigung – aber jetzt bist du ja wieder da.

Komm, glotz mich nicht so an. Was willst du denn? Raus aus meinem Waschbottich! Das kitzelt so an den Zehen.

Jetzt haust du mir auch noch deinen Schwanz ins Gesicht. He? Willst du wirklich dieses Wasser saufen, wo ich meine Füße drin...? Ach, Emil, weißt du, ich zweifle, ob du wirklich... Nein, ich bin sicher, du bist es gar nicht.

Hau ab, Mistköter!

Wunderliches

Michaela Abresch
Die Unsterblichen

Aus Sorge, man könne mich für verrückt halten, behielt ich lange Zeit für mich, was mir in jenem Sommer vor beinah dreißig Jahren widerfuhr. Aber es raubt mir noch immer den Schlaf und vielleicht ist die Zeit gekommen, endlich zu erzählen...

Damals arbeitete ich für einen deutschen Fernsehsender. Für eine fortlaufende Serie über archäologische Ausgrabungen reiste ich zusammen mit einem vierköpfigen Kamerateam in ein winziges württembergisches Nest. Man hatte dort in einem sechzig Meter langen Hügel ein keltisches Fürstengrab entdeckt und es auf etwa 500 vor unserer Zeitrechnung datiert. Ein Jahrhundertfund!

Mehrere Tage lang begleiteten wir die Archäologen mit Kamera und Mikrofon bei ihrer Arbeit, bevor wir uns am Ende der Woche von ihnen verabschiedeten.

Es war der letzte Abend. Bevor ich mich schlafen legte, öffnete ich das Fenster. Über die Dächer glitt mein Blick nach Westen, wo ich den Hügel mit dem Keltengrab in der Dunkelheit nur erahnte. Schwer zu sagen, welche Kraft mich antrieb oder welche innere Stimme meine Schritte auf den Hotelparkplatz lenkte, wo mein alter Volvo nur darauf zu warten schien, etwas Verrücktes mit mir zu unternehmen.

Ich parkte den Wagen in der Nähe des Hügels und fischte im Durcheinander des Handschuhfachs nach einer Taschenlampe. Im Schein des Lichtkegels stieg ich über das rot-weiße Absperrband. Ich wunderte mich, dass man keinen Wachmann vor dem Grabeingang postiert hatte.

Ohne Schwierigkeiten fand ich die von den Archäologen in den Fels gebrochene Öffnung auf der Südseite des Hügels. Das Halbdunkel verlieh der Umgebung etwas Unheimliches, doch Angst hatte ich keine. Vielmehr packte mich diese unheilvolle Mischung aus Neugierde und Aufregung, die Menschen dazu befähigt, Dinge zu tun, die sie sich vorher nie zugetraut hätten.

Ich trat ein. Im Lichtschein erkannte ich den quadratischen Holzkasten aus Eichenbohlen, in dem der Leichnam des Fürsten auf einer Bronzeliege ruhte. Ich hatte noch keine zwei Schritte getan, als ein spitzer Schrei die Stille zerschnitt. Ich zuckte zusammen, wagte kaum mich zu rühren. Der Schein meiner Lampe warf zitternde Schatten an die Felswände und während sich mir diffuse Geschichten über Grabräuber aufdrängten, gewahrte ich auf der gegenüberliegenden Seite eine Bewegung. Eine Gestalt löste sich aus der Dunkelheit und begann zu laufen. Ohne einen weiteren Gedanken rannte ich ihr nach. Meine Schritte erschienen mir unnatürlich laut und die Höhle war länger, als man es von draußen vermutete, doch ich blieb dem Flüchtenden auf den Fersen. Wohin wollte er? Die Höhle hatte nur diesen einen Eingang, wusste er das nicht?

Eine ganze Weile hastete ich ihm nach und irgendwann wurde in der Ferne ein winziger heller Fleck sichtbar. Er vergrößerte sich, je mehr wir uns ihm näherten und entpuppte sich als eine weitere Öffnung, durch die Sonnenlicht herein flutete. Ich blieb stehen, rieb mir die Augen. Unmöglich! Es war mitten in der Nacht, spielten meine Sinne mir einen Streich? Ein Blick auf meine Armbanduhr brachte mir keine Bestätigung, die Digitalanzeige war erloschen. So was Blödes! Ich hätte die Batterien rechtzeitig wechseln sollen.

Geblendet von der Helligkeit trat ich ins Freie. Von dem Grabräuber war nichts mehr zu sehen.

Die Gegend hatte etwas Vertrautes und der Duft wilder Kräuter durchzog die Luft. Verwirrt folgte ich einem Pfad, der sich einen Gras bewachsenen Hang hinaufschlängelte. Als ich von oben in die Talsenke blickte, hielt ich unvermittelt den Atem an.

Eine Wohnsiedlung, rechteckig angelegt, unterteilt in mehrere Einfriedungen; Holzhäuser in einfachster Bauweise mit spitzen Dächern und kleinen Fensteröffnungen; in den Höfen mehrere Kochfeuer, von denen schmale Rauchfahnen aufstiegen und dazwischen Bäume, Viehweiden und blühende Wiesen. Der Anblick erinnerte mich in erschreckender Weise an die Zeichnungen von rekonstruierten, keltischen Siedlungen, die ich mir vor unserer Abreise angesehen hatte. Wie war das möglich? Den Stamm der Kelten gab es nicht mehr, seit über 2000 Jahren nicht! Hatte man je von einem frühgeschichtlichen Volk gehört, das sich – auf welche Weise auch immer – eine Art Unsterblichkeit bewahrt hatte?

Ich begann, an meinem Verstand zu zweifeln. Mit der Zunge befeuchtete ich meine trockenen Lippen. Wie durstig ich war, merkte ich erst jetzt.

Ich schreckte auf, als es neben mir im Gestrüpp raschelte. Ein junges Mädchen stand dort, lächelnd, mit grünen Augen und offenem Haar, das in der Sonne funkelte wie poliertes Kupfer. Sie trug ein knielanges, kragenloses Hemd und an den Füßen lederne Gamaschen. Um ihren Hals baumelte ein Bronzeamulett. Eine Keltin! Wortlos starrte ich sie an – die Situation war absurd! – und versuchte verzweifelt zu begreifen, was hier geschah.

Mit einem scheuen Nicken drückte sie mir ihr Trinkhorn in die zittrigen Hände. Zuerst nippte ich nur, doch dann trank ich wie ein Verdurstender. Nie zuvor und nie wieder danach habe ich köstlicheres Wasser getrunken!

Als ich das Horn absetzte, war ich allein. Ich suchte mit den Augen die Umgebung ab, aber meine keltische Prinzessin blieb verschwunden.

Am nächsten Morgen erwachte ich mit Rückenschmerzen. Das Schlafen in Hotelbetten brachte das manchmal mit sich. Es war bereits halb zehn – meine Uhr hatte freundlicherweise beschlossen, ihren Dienst wieder aufzunehmen – und ich fühlte mich wie zerschlagen. Ich rieb mir das Gesicht, bis die Erinnerungen zurückkehrten und mir allmählich klar wurde, dass ich alles nur geträumt hatte. Die zweite Höhlenöffnung... die keltische Prinzessin... die Siedlung – nur ein Traum!

Erleichtert atmete ich auf. Dass ein Traum einem derart zusetzen kann...Ich war wirklich nahe dran gewesen, den Verstand zu verlieren! Ich schlug die Decke zurück und schlurfte ins Bad, wo ich den Kopf unter eiskaltes Wasser hielt. Jetzt eine große Tasse Kaffee, schwarz und stark. Die würde die Lebensgeister wecken. Als ich nach dem Handtuch griff, stockte mir der Atem. Auf den Fußbodenfliesen lagen in einem unordentlichen Haufen Jeans und Hemd, meine staubigen Schuhe und – ein keltisches Trinkhorn.

Susanne Schmincke
Pfau gestohlen

Neuwied. In der vergangen Nacht, während ein starkes Gewitter zahlreiche Einsätze von Polizei und Feuerwehr erforderte, haben unbekannte Täter den Pfau Nr. 22 »Kunterblind« aus der Mittelstraße gestohlen. Er wurde gestaltet von Schülerinnen und Schülern der Landesblindenschule Neuwied. Wegen der Größe der Skulptur geht die Polizei von mindestens drei Tätern aus. Gegen Mitternacht wurde ein weißer Lieferwagen in der Nähe des Tatortes gesehen. Für Hinweise auf die Täter hat die Stadt Neuwied eine Belohnung ausgesetzt.

Sie denken, ich denke nicht. Bin nur bunter Stadtschmuck. Dabei blättert auf meinem ungekrönten Pfauenkopf die Farbe ab und der weiße Untergrund taucht auf. Ich fühle mich hässlich. Tag und Nacht stehe ich hier in der Mittelstraße neben einem blauen Mülleimer. Was da für ein Geruch herauskommt! Besonders in der Vorweihnachtszeit war es oft unerträglich. So viele Leute hier in der Stadt. Sie hatten ihre Augen überall; in den Schaufenstern, bei den quengelnden Kindern, der Weihnachtsbeleuchtung. Nur mich hat keiner mehr beachtet. Ein Kind wollte an mir hochklettern, während es auf die Mutter wartete; ein Dackel hat mir auf die Zehen gepinkelt. Und gleich noch ein Terrier hinterher.

Nein, ich bin es leid in der Fußgängerzone. Meine Brüder in den großen Firmen, die haben es gut. Stehen auf Marmor oder Granit, werden abgestaubt, poliert, schauen auf teure Autos und schicke Sekretärinnen.

Anfangs war es sehr interessant hier. Wechselnde Schaufensterdekoration im Kaufhaus Claus, in dessen Scheiben ich je nach Lichteinfall meine »kunterblind« bemalten Federn anschauen kann. Dabei bin ich ja nicht blind, kann mich nur nicht bewegen. Meinen 2,50-Meter-Raddurchmesser haben sie vorsichtshalber mit türkisangemalten Platten unterstützt, aber warum der Mülleimer hier stehen muss! Ja, ja, ich wiederhole mich.

Gestern hat der Wind die Sonntagszeitung vor mir aufgeschlagen. Darin stand ein Artikel über den Zoo in Heimbach-Weis und wie gut es die Pfauen da haben. Schattige Bäume zum Ausruhen, Wiesen zum Spazieren, neidische Blicke der Schwäne und Gänse wegen unserer Federn. Und Pfauenfrauen gibt es dort. Der Artikel hat mich in meinem Innersten berührt.

Ich bin zwar größer und bunter als die Pfauen im Zoo, bin schon oft fotografiert worden als die Nummer 22 des Pfauenweges, aber ich erspüre meine ungewisse Zukunft. Immerhin habe ich keinen Grünen Punkt auf mir kleben, sodass mit einer Umformung meinerseits zu einer Recycling-Parkbank nicht zu rechnen ist.

Vor meiner Entsorgung möchte ich einmal etwas erleben, was aufregender ist als die nackte Schaufensterpuppe gegenüber oder der kitzelnde Besen der Straßenkehrer.

Gerade haben die Geschäfte geschlossen und – peng! – zeitgleich hat eine Taube einen Volltreffer auf meinem Rücken gelandet. Auch das noch!

Es ist mild heute, eine fast sommerliche Frühlingsnacht. Die Menschen sitzen in den Lokalen, Pärchen bummeln die Straße entlang, der Mond spiegelt sich in der Glasscheibe. Aus Langeweile spekuliere ich manchmal, was die Menschen arbeiten, denke mir Namen aus und beobachte ihre Einkaufsgewohnheiten, die das Menschenleben so anstrengend machen.

Wind kommt auf, es wird deutlich dunkler. Das knutschende Paar in der Ecke rechts vor mir lässt sich nicht aus der Ruhe bringen. Er greift ihr ziemlich ungeniert unter den Rock....

Die ersten Regentropfen fallen und tupfen ein Muster in die Staubschicht auf meinem nachtgrauen Plastikgefieder. Für den Vogelschiss wird's nicht reichen. Oder doch?

Es blitzt und kurze Zeit später folgt ein mächtiger Donnerschlag. Sogar das Pärchen blickt auf, zieht die Klamotten wieder in die ursprüngliche Position und eilt, im Auto fort zu fahren.

Hinter mir soll das Haus gestrichen werden; das Gerüst wurde heute errichtet. Bei der nächsten Sturmböe höre ich es metallisch laut krachen! Meine eine Stützplatte verrutscht gefährlich und ich kann eine Metallstange des Gerüstes erkennen, die angerollt kommt.

Es schüttet jetzt wie aus Eimern und ich bekomme Angst um meine Farbe, wenn noch Hagel dazu kommen sollte. Kein Mensch ist mehr unterwegs. Die Glocke der Marktkirche läutet Mitternacht. Ein ohrenbetäubender Donner! Ein Blitz schlägt in das Haus hinter mir ein, rauscht durch das Baugerüst hinunter auf die Straße, weiter durch die Eisenstange hinein in meinen Körper. Ich fange an zu zittern, falle fast auf den Schnabel. Ich fühle, ja wirklich, ich fühle wie mir glühend heiß wird, aber die Regentropfen kühlen.

Die Straßenbeleuchtung fällt aus. Beim nächsten Blitz gucke ich in das Schaufenster und sehe mich.... nicht mehr!

Das kann doch nicht wahr sein! Ich hole tief Luft – auf einen Versuch kommt es an – und strecke vorsichtig meinen Kopf nach unten. Es klappt! Ich kann meinen Kopf bewegen! Ich recke das eine Bein, dann das andere, breite die Flügel aus und mache den ersten Schritt in ein neues Leben!

Der Regen hört auf. Ich sauge Tropfen von meinen jetzt weichen Federn. So schmeckt also Wasser. Und als die Wolken das Mondlicht wieder anknipsen, erkenne ich einen blau-grünen Pfau im Spiegel des Schaufensters. Ich bin es! Jetzt lebe ich wirklich. Und habe eine zierliche Krone auf meinem Kopf.

Zunächst probiere ich meine Flügel aus und peile die Straßenlaterne an. Ein bisschen flattern, festkrallen und dann vorsichtig die Balance halten. Geschafft!

Danach der Abflug, immerhin ohne Bauchlandung! Klappt schon ganz gut, aber es fehlt mir kunststoffbedingt noch an Übung.

Die Laternen gehen wieder an, ich höre die Sirene der Feuerwehr. Es tut mir ja etwas leid, dass meine langen Federn nun auf den Platten schleifen, aber ich muss mich beeilen, damit ich hier verschwinde. Noch zwei Ecken, dann erkenne ich die Bäume vom Schlosspark.

Dank meiner kräftigen Flügel erreiche ich sie bald, eine hohe Eiche im Park. Und damit meine Freiheit! Morgen werde ich mir mal die Mädels im Zoo ansehen.

Barko Bartkowski
Der Jungbrunnen

Bah, dieser Alte-Leute-Geruch – echt ätzend! Auf dem Korridor
war's schlimm, aber hier im Zimmer geht's eigentlich.

Die Heimleiterin stellt mich vor. Ich gebe artig Pfötchen und
merke, dass die Alte Handschuhe trägt – ganz feine weiße Leder-
handschuhe. Krass. Hat wohl 'n Ausschlag oder so.

Frau Athanasios fragt noch mal nach meinem Namen. »Char-
lotte«, sag ich brav, obwohl mich doch sonst alle Charlie nennen.
Denk dran, nett sein! Ich sag' also mein Sprüchlein auf von wegen
Sozialprojekt und Schülerzeitung und Interview mit unserer ältes-
ten Mitbürgerin. Die Alte guckt mich komisch an – noch nie'n
Piercing gesehen oder was?! – aber dann nickt sie und sagt: »Ja,
gerne.« Also okay.

Sie sieht nicht aus wie hundert. Ich meine, da stellt man sich
so 'ne wandelnde Mumie vor, aber die Alte ist noch ganz munter.
Bisschen taub vielleicht, aber geistig soll sie noch voll da sein.

Ich brauch nicht groß zu fragen. Ein, zwei Stichworte, dann ist
sie schon am Erzählen, labert endlos von Ihrer Kindheit, wie schwer
sie es damals hatte und alles. Ich lass' den Rekorder laufen und
guck mich im Zimmer um.

Überall stehn Blumen rum. Klar, der Bürgermeister war schon
da und irgendwer von der Kirche und was weiß ich für Bonzen.
Uralte kackbraune Möbel. An der Wand 'ne Tapete mit Rosen – echt
gruftig! 'n komisches Foto hängt da. Sieht aus wie 'ne Reklame für
Handcreme.

Ich unterbrech' das Gesülze der Alten und frage nach dem Bild.
»Das bin ich«, sagt sie. »Das war mein erster großer Erfolg. Die
Kampagne lief damals über mehr als zwei Jahre.«

Wie jetzt? Ich versteh' nur Bahnhof. Frau Athanasios sagt, ich
soll ihr das Album aus der Kommode bringen. Da sind noch mehr
Reklamefotos drin: Handcreme, Schmuck – Uhren und Ringe –
Nagellack, Spülmittel...

Immer Hände in Großaufnahme. Ihre Hände. Die sind wirklich
schön: schlank und weiß und total glatt... Cool.

»Ich war seinerzeit eines der begehrtesten Hand-Modelle«, sagt
sie. »Das hier ist ja nur eine kleine Auswahl. Ich habe Hunderte von
Werbekampagnen gemacht.«

Sie erzählt von ihrem Leben als Model, während ich weiter in
dem Album rumblättere. Sie war nicht berühmt, war kein Star, aber
sie ist überall auf der Welt zu Foto-Shootings gewesen. Alle großen

Firmen und Werbeagenturen haben sich um sie gerissen. Und richtig gut Kohle gemacht hat sie auch damit.

»Cool. Dann haben Sie ja nie richtig arbeiten brauchen«, rutscht es mir raus. Scheiße, ich könnt' mir auf die Zunge beißen! Weiß doch heute jeder, dass Modeln ein echter Knochenjob ist.

Sie ist mir nicht böse. Sie lacht sogar: »Nein, die Hände in den Schoß legen – das hätte ich nie gekonnt. Ich stamme aus einer Bauern- und Handwerkerfamilie. Nicht zu arbeiten wäre für mich wie nicht zu atmen. Ich habe mich nie bedienen lassen. Schließlich hatte ich auch Familie – einen Mann und drei Kinder – und ich habe meinen Haushalt immer selbst versorgt.«

»Echt? Wie haben Sie's denn dabei geschafft, ihre Hände so... so tierisch glatt zu halten?« Ich seh' mich schon, wie ich außer dem Interview noch 'ne Spalte mit supergeheimen Kosmetik-Tipps ins Blatt bringe, aber sie schüttelt den Kopf.

»Das ist mein Geheimnis. Es ist eine besondere Art von Magie. Ich habe nie darüber gesprochen.«

Natürlich beknie' ich sie, mir ihr Geheimnis zu verraten. War wohl nicht besonders taktvoll, sie zu fragen, ob sie ihr Wissen denn mit ins Grab nehmen will. Aber es wirkt.

»Vielleicht sollte ich die Geschichte wirklich jemandem erzählen«, überlegt sie, »bevor ich von dieser Welt gehe. Nur wird es keinem Menschen etwas nützen, fürchte ich. Abgesehen davon, dass niemand mir glauben wird.«

Sie legt die Hände, mit den Handschuhen, ineinander. »Ich war damals gerade neunzehn«, beginnt sie. »Ich war bei meinem Onkel zu Besuch. Er wohnte in einem winziges Dorf im griechischen Hinterland. Ich lebte bei meinen Eltern in Deutschland und war zwei Tage vorher eingetroffen, um meine Ferien bei ihm zu verbringen.

An diesem Tag machten wir eine Wanderung. Wir rasteten gerade an einem Berghang, als der Boden unter uns erzitterte. Ein leichtes Erdbeben. Ich war sehr erschrocken, aber mein Vetter Dimitrios, der mich begleitete, winkte nur ab und meinte, das käme in dieser Gegend des Öfteren vor und hätte weiter keine Auswirkungen.

Aber da irrte er. Gerade oberhalb der Stelle, an der wir standen, sprang plötzlich eine kleine Fontäne auf, eine Quelle, die das Erdbeben freigelegt hatte. Sie sprudelte nur ein paar Minuten lang, dann versiegte sie wieder, aber immerhin sammelte sich genug Wasser in einer Mulde, dass ich meine verbrannten Hände hineinhalten konnte. Ich war nämlich von Deutschland her die Sonne nicht gewohnt, und obwohl ich mich an den Rat meiner Tante gehalten und einen Hut aufgesetzt hatte, hatte ich mir doch auf den Handrücken einen scheußlichen Sonnenbrand geholt.

Das Wasser tat meinen Händen außerordentlich wohl. Es kühlte sie nicht nur, der Sonnenbrand war innerhalb von Minuten völlig verschwunden. Ich wunderte mich zwar, dachte mir aber nichts weiter dabei.

Aber in den nächsten Tagen und Wochen merkte ich, dass mit meinen Händen etwas Seltsames vorging. Ich bekam nicht nur keinen Sonnenbrand mehr, auch die Narbe, die ich seit Jahren hatte, verschwand. Sie verblasste einfach und war nicht mehr zu sehen. Ich konnte den ganzen Tag im Haushalt helfen (und meine Tante bestand darauf, dass ich mit anpackte und nicht nur faulenzte), oder stundenlang im Garten arbeiten, und meine Haut wurde nie rau oder rissig. Meine Hände wurden von ganz allein immer glatter und makelloser.

Und so ist es geblieben. Ich hatte es nie nötig, irgendeines der Mittel anzuwenden, für die ich so oft Reklame gemacht habe. Meine Hände blieben perfekt, was ich auch tat, ganz ohne mein Zutun. Wie ich schon sagte, es war Magie.«

Sie verstummt, und ich versuche, einen angemessen beeindruckten Gesichtsausdruck hinzukriegen, während ich denke: Mann, die Alte ist doch wohl total von der Rolle! Voll senil. Na ja, kann man nix machen.

Das Schweigen wird langsam peinlich. Ich spüre, ich muss was sagen. Mein Blick fällt auf ihre Handschuhe, und ich sage: »Na ja, und irgendwann hat dann der Zauber aufgehört zu wirken, klar. Ich hab mich schon gewundert, warum Sie hier im Zimmer mit Handschuhen rumsitzen. Ich glaub', ich versteh's jetzt.«

Sie schaut mich lange an, sagt kein Wort. Dann zieht sie die Handschuhe aus. Ihre Hände sind schlank und weiß und vollkommen glatt.

Michaela Abresch
Mondvogel

Laut schwatzend verließen die letzten Besucher die Ausstellung. Endlich. Mia erhob sich, froh, das lange Sitzen auf dem unbequemen Stuhl beenden zu können. Ihr Rücken schmerzte. Der Job in der Galerie ermüdete sie und war eintöniger als sie es sich vorgestellt hatte. Sie gähnte, ohne sich die Mühe zu machen, es zu verbergen.

Der letzte Rundgang, die letzten routinierten Handgriffe. Prüfen, ob sich nicht doch noch Jemand in den Ausstellungsräumen aufhielt, achtlos liegen gelassene Galerieprospekte aufsammeln, ein benutztes Papiertaschentuch entsorgen, Strahler und Lampen ausschalten, Vitrinenbeleuchtungen abstellen, Türen schließen.

Vor dem Nachhausegehen blieb sie, wie jeden Abend, eine Weile vor ihrem Lieblingsgemälde stehen. Und wie stets dauerte es nur einen Augenblick, bis ihr Blick darin versank.

Der Mondvogel.

Kräftige Farben, viel Blau, Karminrot, Zitronen- und Ockergelb, ein Schweifstern, ein geschnäbeltes Fantasiewesen auf zwei Beinen, ein freundlicher Mond mit grünem Auge.

Irgendetwas an diesem Bild hatte sie von Beginn an fasziniert. Sie konnte nicht anders, als jeden Abend hierher zu kommen und sich von den Farben, der Lebendigkeit und ...ja, und dem kleinen, bunten Etwas in der Bildmitte fesseln zu lassen. Von ihrem Freund, der sich ein wenig damit auskannte, wusste sie, dass es sich bei einem Mondvogel um einen Falter handelte, zu erkennen an dem halbmondförmigen gelben Fleck auf den grauen Vorderflügeln. In dem kleinen bunten Etwas erkannte sie diesen Falter.

»Könntest du mich nicht einmal mitnehmen?« Sie sprach mit ihm, als wäre er imstande, sie zu verstehen. »Weit fort, nach ganz oben, vielleicht zeigst du mir sogar den Mond?«

Ein erneutes Gähnen. Sie sollte nach Hause gehen, es war spät. Wieso nur zog dieser Mondvogel sie so in seinen Bann? Sie heftete ihren Blick fest auf die kugelrunden Augen, aus denen ihm Fühler wuchsen. Dann plötzlich spürte sie einen Ruck, eine Art Sog, der jede Faser ihres Körpers erfasste. Es kam ihr nicht in den Sinn, sich dagegen zu wehren, willenlos gab sie sich dem hin, was mit ihr geschah. Es war, als ströme eine unbekannte Kraft von den Haarwurzeln bis zu ihren Fußsohlen und während ihr Blick sich weiter unbeirrt in die gemalte Szenerie grub, fühlte sie sich plötzlich wie durch einen dunklen Tunnel gezogen, an dessen Ende die Farben des Bildes strahlten... und der Schmetterling auf sie zu warten schien.

»Was machst du hier?«, fragte der Falter. »Du gehörst nicht hierher.«

Unsicher schaute Mia sich um. Alles sah genau so aus wie auf dem vertrauten Gemälde und dennoch anders. Farben und Formen fühlten sich echt an, wirkten greifbar. Sie streckte den Arm aus und ertastete ein pinkfarbenes Quadrat. Seit wann konnte man Farben fühlen? Es war unerklärlich, sie konnte doch unmöglich mit dem Gemälde verschmolzen sein. So etwas gab es nicht, das bildete sie sich ein. Ein sprechender Schmetterling, fassbare Farben... so ein Unsinn!

»Bist du der Mondvogel?«, fragte sie. Nur für einen Moment wunderte sie sich darüber, mit welcher Selbstverständlichkeit sie es tat. Es lag wohl daran, dass ihr Verstand sich längst stillschweigend in ein Eckchen zurückgezogen hatte und jeden Versuch einer plausiblen Erklärung unterließ.

Das winzige hellblaue Karo unterhalb der Kugelaugen verzog sich zu einem Grinsen.

»Sag bloß, du bist meinetwegen hierher gekommen?«, fragte der Falter zurück. Selbstgefällig strich er sich mit dem rechten Fühler über den linken.

Mias Müdigkeit war wie weggeflogen.

»Ich wusste nicht, dass ein ausgesprochener Wunsch genügt, damit wahr wird, wonach man sich sehnt«, antwortete sie. Noch dazu einer, der so unreal erscheint, setzte sie in Gedanken hinzu.

Der kleine Falter spreizte seine Flügel, flatterte eine Weile nervös in der Luft herum und ließ sich dann auf Mias linker Schulter nieder.

»Man nennt mich Mondvogel, da hast du ganz Recht. Das ist der Name, den eure Botaniker mir gaben. Aber es ist eine Erfindung von ihnen. Nur ein Name. Ich glaube, du suchst den wahren Mondvogel. Den, der für die meisten Menschen unsichtbar ist. Und selbst die wenigen, die die Fähigkeit besitzen, ihn zu erkennen, sehen ihn nur im Mondlicht, das ihn hinauf in den Himmel trägt. Obwohl er gern dort oben bleiben möchte, kehrt er doch immer wieder zurück. Er weiß, dass er Aufgaben auf der Erde zu erfüllen hat und dass die Reise ins Mondlicht für ihn immer nur eine Unterbrechung seines Alltags, aber nie das endgültige Ziel sein kann.«

Mia spürte ihr Herz in den Schläfen pochen.

»Woran erkennt man ihn?«, fragte sie.

Mit zittrigen Flügelschlägen flog der Falter auf, wechselte von Mias Schulter auf ihren linken Handrücken und blickte sie eindringlich aus seinen Kugelaugen an.

»Deine Augen sehen Dinge, die nicht jeder sieht und du glaubst daran, dass es zwischen Himmel und Erde mehr gibt, als das, was sich mit dem Verstand erklären lässt. Deshalb wirst du auch den Mondvogel erkennen. Leider begreifen nur wenige Menschen, dass es ihn wirklich gibt und wie heilsam es sein kann, sich von Zeit zu Zeit von ihm aus dem Alltag tragen zu lassen.«

Er hielt inne, kräuselte das hellblaue Karo unter den Kulleraugen zusammen und krabbelte auf unsichtbaren Füßen Mias Arm hinauf.

»Ich verrate dir etwas«, raunte er ihr zu, als er ihr Schlüsselbein erreicht hatte. Beim Sprechen zitterten die Enden seiner Fühler und kitzelten Mia in der Halsgrube.

»Du erkennst den Mondvogel an seiner besonderen Farbe und an den Flecken auf seinen Schläfen, silbern wie das Mondlicht. Hier, nimm!«

Eine Feder, flaumig weich, kobaltblau, an den Rändern gezackt und heller werdend, fiel in Mias geöffnete Handfläche.

»Eine Feder?«

Der kleine Falter nickte. »Eine Mondvogelfeder. Sie wird dich daran erinnern, dass es eine Welt jenseits der Welt gibt. Und dass es nichts Unvernünftigeres gibt, als Träume zu verdrängen oder zu belächeln.«

Mias Finger umschlossen das Geschenk des Falters. Als sie wieder aufblickte, war ihr kleiner Freund verschwunden. Nur der feine Luftzug seiner Flügelschläge erinnerte daran, dass er vor einem Augenblick noch bei ihr gewesen war.

Gleich darauf spürte sie den Sog wieder durch ihren Körper strömen, nahm die Schwärze des Tunnels wahr, und auch die Kraft, die sie wie in einer unhaltbaren Strömung hindurch trieb.

Als sie die Augen öffnete, fand sie sich auf dem Boden der Galerie wieder, den Rücken an die Wand gelehnt, an der gegenüberliegenden Seite ihr Lieblingsbild. Ihre Armbanduhr zeigte kurz nach Mitternacht. Meine Güte, sie war im Stehen eingeschlafen und hatte nicht einmal gemerkt, dass sie dabei auf den Fußboden gerutscht war! Und dann dieser verrückte Traum! So weit hatte sich dieses Bild nun schon in ihr Unterbewusstsein eingegraben. Mia schüttelte den Kopf, lächelte über sich selbst und erhob sich. Als sie sich eine in die Stirn gefallene Haarsträhne aus dem Gesicht strich, glitt etwas aus ihrer Hand. Sie blickte nach unten und hielt den Atem an.

Eine Feder, flaumig weich, kobaltblau, an den Rändern gezackt und heller werdend, schwebte ganz langsam zu Boden.

Susanne Schmincke
anderland

komm
wir fliegen
auf dem weißen elefanten
ins land der wärme
mit palmen vor intaktem gletscher
meer rauscht hinter der küchentür
kinder unterrichten dort
alte spielen
sorgen hunger einsamkeit
alles vergangen
herzlichkeit beim arbeiten
mit und für andere
krankheiten werden fortgestreichelt
tiere versorgen sich selber im stall
affen gestalten das fernsehprogramm
wolken musizieren
über schwebenden autos
wir wandern auf wiesen
von wildkräutern bemalt
sterne locken als reiseziel
die welt und wir
du und ich
haben uns

Susanne Schmincke
Halb-Mensch

Ich bin ein Halb-Mensch! Nein, nicht das, was Sie vielleicht meinen! Nicht jemand ohne Unterleib oder ohne Ohr und Nasenflügel. Zwar sind von meinen vier Haaren zwei ausgefallen und die Zähne sind halb und halb laborgefertigt, aber diese bedauerlichen Tatsachen allein rechtfertigen die Bezeichnung des Halb-Menschen keineswegs.... Nein, ich bin eine Vertreterin der mentalen Variante, allerdings mit organisch vollständigem Gehirn.

Was geht in Ihnen jetzt beim Lesen vor? Oder haben Sie die Sätze nur zur Hälfte angelesen? Erreicht nur jede zweite Formulierung Ihr Herz oder Hirn? Ja, das ist nicht ungewöhnlich, denn vielleicht gehören auch Sie zur Spezies der Halb-Mensch-Art. Sie wussten ursprünglich nicht, dass so etwas existiert? Oder ahnten Sie schon halbwegs, dass da doch etwas in Ihnen ist oder vielmehr etwas halb fehlt bzw. sich an anderer Stelle befindet? Seien Sie beruhigt, denn als Halb-Mensch kann man sich richtig glücklich schätzen!

Ich merke im Moment – cerebrale Aktivität auf mittlerem Level – der Begriff Halb-Mensch kriecht immer noch nicht vollständig in Ihre grauen Zellen. Kein Problem, sondern typisch für Halb-Menschen. Denn sowie etwas zur Hälfte eingraviert ist, wendet sich diese Sorte Mensch mit ihrem anderen hälftigen Potential neuen Dingen zu. Damit meine ich nicht nur das Angebot im italienischen Restaurant zu nutzen, jeweils 180° einer Pizza unterschiedlich belegen zu lassen.

Eigentlich ist es schön, ein Halb-Mensch zu sein. Spricht jemand zu einem, ahnt man schon nach der Hälfte des Satzes, wie er enden wird. Klugerweise schauen wir uns ein Fußballspiel nach den ersten 45 Minuten an und die erste Hälfte einer Tafel Schokolade schmeckt uns sehr viel besser als die zweite, weshalb wir diese im Kühlschrank warten lassen, um sie am nächsten Tag vielleicht wieder halbiert genießen zu können.

Teilen können wir immer gut. Als Frau und werdende Mutter habe ich die glückliche Erfahrung gemacht, sogar meinen Bauch mit jemandem teilen zu können. Und Sie können sich vorstellen, wie viele meiner Gedanken bei dem dort heranwachsenden Kind waren!

Die Gedanken unserer Art sind immer gleichzeitig hier und dort. Bei der Arbeit denken wir an Urlaub, im Urlaub denken wir...an den nächsten Urlaub, beim Schreiben fällt uns ein, dass die

Küche geputzt werden muss, und ein richtiger Könner der Halb-Mensch-Art rasiert sich beim Autofahren, während er der Bank eine Tages-Stopp-Loss-Order für seine Aktien durchgibt.

Die manchmal traurige Seite unserer Art ist die Sache mit den Gefühlen. Da wir ja keine 100-Prozenter sind, zeigen wir unser Temperament eher unregelmäßig, nie richtig heftig, eher nach lauwarmer Kaffeeart. Immerhin sind wir diesbezüglich kalkulierbar, gut einsetzbar im beruflichen und privaten Alltag, sehr aufgeschlossen, mit dem anderen halben Menschen in uns Alternativen zu entwickeln, gar Visionen zuzulassen und die notwendigen Schritte einzuleiten.

Wenn ich mir allerdings meine Autoreifen ansehe, sind sie irgendwie immer halb abgefahren.

Stichtag 30.6. Das Jahr ist halb herum und...

Achtung! Jetzt werde ich ziemlich abrupt enden. Aber sicherlich wissen Sie ja, dies war nur die erste Hälfte.

Barko Bartkowski
Anfängerfehler

»Also, der ist ja wirklich niedlich!« Kara betrachtete verzückt das Bild des Außerirdischen, das die Kamera neben der Luftschleuse übertrug. Das Wesen näherte sich vorsichtig und zögernd unserem Landungsboot.

»Lass dich nicht von der äußeren Erscheinung beeinflussen!«, ermahnte ich sie. »Auch wenn es an einen Teddybären erinnert – das ist kein Kuscheltier! Das ist ein fremdartiges intelligentes Lebewesen – ein Vertreter der höchstentwickelten Art dieses Planeten.«

Kara nickte eifrig. »Ich weiß ja, aber ich finde ihn einfach... putzig! Das ist doch nicht schlimm, oder? Ich meine, für eine erste Kontaktaufnahme kann es doch sogar hilfreich sein, wenn er mir sympathisch ist. Besser jedenfalls, als wenn ich ihn abstoßend fände.«

»Sicher. Aber ich möchte nicht, dass du die Sache zu leicht nimmst. Auch wenn diese Wesen, nach allem, was wir wissen, Vegetarier sind und praktisch keinen Aggressionstrieb kennen – wenn er sich bedroht fühlt, könnte er dich angreifen. Du musst immer alle Möglichkeiten im Auge behalten!«

»Ich weiß, ich weiß – das haben sie uns auf der Akademie oft genug eingebläut. Ich habe immerhin als Zweitbeste meines Jahrgangs abgeschnitten – schon vergessen?«

»Das ist es ja gerade, was mir Sorgen macht. Weil du an der Schule so gut warst, glaubst du jetzt, schon alles zu wissen. Aber das hier ist die Praxis – hier zählt nur Erfahrung!«

»Und um die zu sammeln, bin ich ja hier. Also, was ist: Darf ich jetzt endlich aussteigen und es versuchen?«

* * *

Kara hockte wie ein Häufchen Unglück auf der Liege, während ich ihre Hand desinfizierte und verband. »Ich verstehe einfach nicht, was ich falsch gemacht habe!«, schniefte sie. »Es lief doch alles so gut! Er hat doch die Nuss von mir angenommen und auch gleich angefangen, daran zu nagen. Er war vollkommen unbefangen und zutraulich! Und auf einmal...!«

Ich seufzte. »Du hast einen typischen Anfängerfehler gemacht.«

»Aber was? Was denn nur? Erklär es mir doch!«

Ich schüttelte den Kopf. »Ich möchte, dass du von selbst darauf kommst. Schau dir die Aufzeichnung an.«

Auf dem Bildschirm erschien die Szene von vor einer halben Stunde: Kara, die sich vorsichtig ins Blickfeld der Kamera schob, der Außerirdische, der zurückwich... Ich schaltete auf Schnellvorlauf.

Kara folgte genau der Standardprozedur: Sie ließ sich auf dem Boden nieder, um nicht so bedrohlich zu wirken, wartete ab, bis der kleine Kerl wieder näher kam, holte mit langsamen Bewegungen die Nuss hervor, von der wir ermittelt hatten, dass sie für die »Teddybären« eine besondere Delikatesse darstellte.

Ich verlangsamte die Darstellung wieder. Der Außerirdische zögerte kurz, kam noch einen Schritt näher, dann nahm er die Nuss direkt aus Karas ausgestreckter Hand und biss gierig hinein. Kara lächelte ihm zu. Der Extraterrestrier kreischte panisch auf und hieb nach ihrer noch immer ausgestreckten Hand. Dann warf er sich herum und verschwand mit weiten Sätzen im Gebüsch.

»Hast du es gesehen?«

Kara schüttelte verständnislos den Kopf. »Nein. Ich kapiere es nicht. Was hat ihn denn bloß so fürchterlich erschreckt?«

Ich ließ die Aufzeichnung noch einmal zurücklaufen, passte die richtige Stelle ab und hielt das Bild an: »Hier. Siehst du es immer noch nicht? Dein Lächeln, Menschenskind!

Wie soll denn so ein armer Außerirdischer keinen Schreck kriegen, wenn du fremdes Monstrum plötzlich die Zähne fletschst!«

Die Autoren

Michaela Abresch
1965 im Westerwald geboren und aufgewachsen.
Arbeitet als examinierte Krankenschwester, verheiratet, zwei Söhne.

Schreibt Lyrik und Prosa; Schwerpunkt: historischer Roman
Veröffentlichungen im Rowohltverlag, Elbverlag und in der
Literaturzeitschrift "Dichtungsring".

Barko Bartkowski
geboren 1962 in Kiel,
eigentlich Chemiker, arbeitet aber als Softwareentwickler und
Computer-Trainer.

Schreibt seit dreißig Jahren für die Schublade,
seit 2006 ernsthaft (kurze Prosa, Roman in Arbeit).
Veröffentlichungen in "Matrix" und der Anthologie "Engel in unserer
Zeit".

Herwig Haupt
geboren 1938 in Werdermühle/Niederschlesien,
aufgewachsen in Niederbayern, pädagogische Arbeit in
Unterfranken, Hannover und Koblenz, jetzt im Ruhestand am
Mittelrhein.

Lyrik, Märchen, Kurzgeschichten in "Ort der Augen",
"Dichtungsring", "Die Brücke", "Matrix", "Eremitage".

Ingrid Leibhammer
geb. 1949, lebt und arbeitet im Westerwald. Sprachenstudium,
langjährige pädagogische Tätigkeit.

Schreibt Kurzprosa.
Veröffentlichungen in verschiedenen Literaturzeitschriften:
"Dichtungsring", Bonn, "Matrix", Ludwigsburg,
"Eremitage", Ludwigsburg, "poetic diversity", Los Angeles.
Eigenes Buch bei BoD: "Leiser Hauch bis Fetzenwolken".

Mitglied der Künstlergruppe »Farbenkraft«

Susanne Schmincke
1955 geboren, eher im Norden, ab 1973 Studium der Zahnmedizin
in Köln, seit 1982 selbstständig in Koblenz, drei Kinder.

2002 Beginn mit Schreiben, hauptsächlich Kurzprosa, bei der
Literaturwerkstatt Neuwied, Redaktionsmitglied der Literaturzeitschriften "Dichtungsring" in Bonn und "Matrix" in Ludwigsburg,
dort auch Veröffentlichungen.